Siempre pagan los mismos

Un nuevo caso del inspector Herodoto Corominas

Carlos Bassas del Rey

ALREVÉS
BARCELONA-2015

Primera edición: mayo de 2015

Para Josep Forment, siempre con nosotros

Publicado por:
EDITORIAL ALREVÉS, S.L.
Passeig de Manuel Girona, 52 5è 5a
08034 Barcelona
info@alreveseditorial.com
www.alreveseditorial.com

Printed in Spain
ISBN: 978-84-15900-99-3
Código IBIC: FF
DL B 9710-2015

Impresión:
QPprint

A mi padre,
que me descubrió a Manuel Vázquez Montalbán

¿Es imaginable un ciudadano
que no posea un alma de asesino?

Emil M. Cioran

Acto primero

Uno de los nuestros

I

Antonio Falcón caminaba por el centro de la calle como si fuera suya: mentón arriba, pecho al frente y omóplatos atrás. Todo le pertenecía: aceras, pavés, casas, bancos, farolas y almas. Se lo había ganado a base de meter miedo y porque, desde su regreso, nadie en aquel rincón de Ofidia se había atrevido a plantarle cara.

El barrio de San Marcial estaba formado por viejas *uvepeós* de cemento pobre. El constructor debía de haber empleado un tercio del presupuesto en arreglarse los baños de casa, y algún concejal se había comprado el anhelado pisito en Salou gracias a otro tanto. Todas las fachadas eran la misma. Las diferencias iban por dentro, tanto de las casas, como de sus habitantes. Algunas personas tienden siempre a sentirse minúsculas; otras, en cambio, se creen mejores de lo que son y han elevado ese arte a la categoría de alta cocina.

Falcón era de los últimos. Había nacido en aquel barrio y lo conocía muy bien, todas sus virtudes, que eran pocas, y sus miserias, que tampoco eran muchas. Se detuvo frente a una pequeña tienda, una colonial llena hasta arriba de todo menos de futuro. «Ultramarinos Señor Manel», para qué más.

El señor Manel hacía equilibrios tras el mostrador sobre un taburete de anea. A ratos se balanceaba únicamente sobre las dos patas traseras, los pies firmes en los travesaños; y cuando se sentía atrevido, incluso temerario, dejaba que todo su mundo se sustentara sobre una única extremidad.

Era un tipo de cara triste, el señor Manel. Por lo que le había tocado vivir y porque la genética es así de cabrona, a veces. Hacía tiempo que la piel del rostro se le había escurrido y estaba manchada de herrumbre. A pesar de todo, conservaba cierto aire de nobleza perdida; de conde, de duque o incluso de archiduque arruinado en algún lejano casino de la Costa Azul.

Al ver aquella silueta detenerse frente a su pequeño comercio, cada rincón de su cuerpo se revolvió, enfurruñó el ceño y su frente se convirtió en un campo recién labrado. No hace falta ser un tío grande para intimidar; de hecho, Antonio Falcón era todo lo contrario, así que se había procurado puños como martillos pilones para compensar.

Se plantó frente al señor Manel y echó un vistazo alrededor, aunque conocía la tienda al dedillo. «Es sorprendente la cantidad de metros cúbicos de mala baba que caben dentro de un cuerpo tan pequeño», pensó el comerciante.

—Deberías invertir algo más en tu negocio, que los chinos os están comiendo la calle.

El señor Manel le aguantó la mirada:

—Chinos, moros, indios, *paquis* o españoles, cabrones los hay en todas partes.

Falcón esbozó media sonrisa. El viejo tenía toda la razón:

—Al menos a los de aquí se os entiende, y uno, pues se hace entender —replicó—. ¿Tienes lo mío?

Las fuerzas que tanto le habían costado reunir al señor Manel para enfrentarlo volaron de golpe. Bastaron aquellas tres palabras; un bolero. Negó con la cabeza y expuso el cogote. Cuando un hombre mira al suelo, su derrota es absoluta, y Falcón lo sabía. El viejo esperaba la vizcaína.

—La cosa está mal —susurró mientras contraía los hombros y el alma—. Apenas llego.

—Pues la próxima vez no votes a un gobierno de rojos y de maricones —le espetó Falcón—. Os prometen el oro y el moro y luego *rien de rien*. Pero los de izquierdas ahí, erre que erre, tragando como gilipollas mientras el politburó y los sindicatos se os forran en la cara.

El señor Manel permaneció en silencio y, sin motivo alguno, recordó la lección magistral que le había impartido un viejo camarada del *Pecé* hacía mucho tiempo; debía de intuir que la vida no le iba a durar y recorría al pasado: «Si encierras a cuatro comunistas en una habitación, se habrán escindido en dos facciones a la hora, y, pasadas dos, en cuatro partidos». «Aquel hombre tenía más razón que un santo», se dijo; y le recordó por qué había echado su militancia por el váter.

—Yo también soy un empresario, y ambos sabemos que en cualquier negocio, la imagen lo es todo —continuó el tipo que tenía plantado enfrente como si dictara la lección—. Cosa de reputación, ¿sabes lo que te digo?

El tendero se lo sabía al dedillo.

—Así es la vida, viejo: o jodes o te joden. Y a mí no me gusta que me den por culo, ya ves —concluyó Falcón.

Ambos permanecieron en silencio durante un rato imposible de precisar. Lo que para unos es un segundo, para otros dura la eternidad. Falcón agarró al señor Manel por la solapa de su bata azul, la que siempre vestía dentro del colmado, sacó la pistola que llevaba encajada en la trasera del cinturón, la sujetó por la corredera y lo golpeó en la cabeza. Un único mazazo con la culata y el cráneo se le resquebrajó como cristal bajo el cuero cabelludo.

El viejo cayó de bruces sobre el mostrador mientras la sangre teñía su pelambrera ceniza. No había perdido ni una hebra con el tiempo. Falcón se apartó, los ojos fijos en el pecho. Dos gotas de sangre le habían alcanzado la camisa.

—Me cago en la puta de Christian Dior.

Limpió el arma en la bata y la devolvió al cinto. Después, apartó el cuerpo a un lado y abrió la registradora. Poca cosa. Cogió el botín y se lo metió en un bolsillo mientras izaba el puente levadizo que daba acceso a la trastienda.

Al regresar, traía consigo una pequeña caja de caudales. Su mano tanteó la parte inferior del tablero de conglomerado y chapa hasta dar con una llave sujeta con cinta adhesiva:

—Veo que sigues siendo un animal de costumbres.

El cofre de lata estaba lleno de billetes de cincuenta.

—Los tíos como tú me dais asco —lanzó, aunque sabía que el señor Manel no lo escuchaba—. Venderíais a vuestra puta madre con tal de no soltar la pasta, y luego resulta que no tenéis ni media hostia.

Falcón regresó al otro lado del mostrador, agarró un paquete de clínex de una repisa, extrajo uno, ensalivó la esquina y salió de la tienda. Ni siquiera se molestó en comprobar si el viejo respiraba. Se limitó a cruzar la calle en dirección al bar que quedaba enfrente.

Avelino, el dueño, lo vio venir a través de uno de los ventanales:

—Hijo de la gran puta.

Falcón entró como el vendedor que va a premiarse con una copa tras el negocio cerrado. Un grupo de viejos jugaba al dominó ajenos al monótono claqué de sus fichas sobre la mesa. Ni siquiera lo miraron, y, mucho menos, se atrevieron a abrir la boca.

El Gordo era un local varado en los setenta con suelo picado de ajedrez, barra taraceada y paredes de color inclasificable. El nombre no respondía al tamaño de su dueño —aunque podría haberlo hecho perfectamente—, sino al único golpe de suerte que había tenido aquel barrio en toda su historia: un tercer premio en la Lotería de Navidad de 1971. El dinero llegó rápido y fácil y se gastó del mismo modo.

Avelino parecía cebado como una oca a punto para paté, hasta el extremo de que su enorme cabeza, esférica y pelada como una vieja bala de cañón, había quedado degradada a simple canica. Falcón se dejó caer en su taburete; cuando eres el rey, ya se sabe, tienes tu trono. Sobre aquel asiento de patas largas, sus pies se balanceaban en el aire como los de un crío.

El dueño terminó de secar el vaso que sostenía entre las manos y se acercó a regañadientes.

—Lo de siempre —le indicó Falcón sin levantar la vista de su camisa—. Y un sifón.

Avelino cogió una botella de coñac, un Peinado de cien años que el hombre se había hecho traer especialmente desde Tomelloso, y le sirvió un trago de club inglés. Después, se agachó, cogió una botella de soda y la dejó al lado. Falcón echó un chorro sobre un nuevo clínex y comenzó a frotarse la camisa.

El dueño del bar aprovechó para desaparecer por la puerta de la cocina y regresar al rato con un sobre y tufo a freidora. Lo depositó en la barra con la cara gacha y el orgullo herido. Falcón se lo metió en el bolsillo y, al levantar la vista, se fijó en los billetes de lotería sujetos a la pared por una pinza. Al lado, un cartel escrito a mano ponía: «Hay Lotería de Navidad». Y a su izquierda, en otro plastificado e impreso, podía leerse: «47.550. Tercer premio de la Lotería de Navidad de 1971. Vendido aquí».

—Dame uno de esos, no vaya a ser que a Dios le dé por cagar dos veces en el mismo sitio.

Todos giraron la cabeza al oír la sirena. La ambulancia apenas cabía en la calle, por lo que tuvo que subirse a la acera y avanzar de canto como en una película. El dueño del bar miró al tipo que tenía parado delante. Un solo instante, como había hecho el señor Manel, antes de agachar las orejas de nuevo.

Falcón apuró el coñac y brincó del taburete.

—Me haces trabajar, gordo —masculló, contrariado—. Y sabes que no me gusta trabajar.

Una vez en la calle, fue al encuentro de la ambulancia. En el momento en que uno de los sanitarios abría la puerta con más miedo por que le desvalijaran el vehículo que prisa, echó mano a la chaqueta, sacó la cartera y se identificó: subinspector Antonio Falcón, de la Policía Municipal.

II

Los inviernos en Ofidia eran aún eso, inviernos. Fríos y de helada diaria. El único consuelo al que agarrarse era que se trataba de una estación seca y generalmente coronada por un sol redondo como una galleta María. Raras veces nevaba, pero cuando le daba por caer, ponía el tráfico y el ánimo de los niños patas arriba.

A Javier le gustaba la nieve, en especial su crujido al aplastarla con las suelas. Era como el sonido de una maroma estrangulada por el marinero de un barco pirata. Él y Jon se conocían desde críos. Apenas entraban ya en los asientos de aquel columpio en el que se habían propulsado adelante y atrás, arriba y abajo tantas veces, hasta el punto de convertir su balanceo diario en un ritual de guardar; poco les importaba tener catorce años y sentirse más hombres que niños.

Las estelas dejadas por un par de aviones hacía un rato se deshilachaban en el cielo. Hasta que otro surgió tras una azotea y tiró una nueva cola blanca de delineante:

—Nueva York.

—Tú flipas —contestó Jon.

—De derecha a izquierda —señaló Javier con la suficiencia del que se cree que ya lo sabe todo.

Hacía tiempo que los edificios que cerraban aquel espacio habían sido abandonados y la intemperie había recuperado buena parte de su terreno. Nadie llegó a ocuparlos nunca, y ahora no eran más que esqueletos con la fachada picada de viruela. Con la cancelación de las obras había muerto la última esperanza del barrio: nuevos vecinos y un centro comercial con multisalas, Mercadona, Zara, Mango y McDonald's. Muchos habían perdido todos sus ahorros en aquel cementerio.

—Algún día me largaré de aquí en uno de esos —dijo Javier mientras acompañaba el recorrido del vuelo, apenas una mota plateada a diez kilómetros sobre su coronilla—. Pronto.

—¿Te acuerdas de la escena de *Matrix* en la que Cifra se está jalando un pedazo de solomillo con el agente Smith? —preguntó Jon, que le hacía caso, pero estaba a lo suyo—. Esa en la que le dice que sabe que la carne es de mentira, pero que le importa una mierda. Yo también preferiría *Matrix* de calle.

—Ves demasiadas pelis.

—Yo no soy el gilipollas que sueña despierto —replicó su amigo, irritado por el desdén—. Lo que quiero decir es que a veces creo que no hay nada más que esta mierda. Y si lo hay, no nos toca catarlo. No sé qué coño es peor.

Javier permaneció un rato prendido del silencio azul. Jon intuía que algo no iba bien desde hacía varios días. Estaba raro. Su amigo estaba raro. Pero sabía que hasta que no le diera la gana, no soltaría prenda. Jamás habían tenido ningún secreto, pero todos nos guardamos cada vez más cosas a medida que sumamos años.

—Igual nieva —apuntó entonces Javier antes de bajar la cabeza y consultar su reloj, un viejo Casio de primera comunión con Cosmo Flight al que hacía tiempo que no le funcionaban las teclas.

Jon echó un nuevo vistazo al cielo.

—O no.

—Siempre tan positivo.

—Realista, chaval.

—Te apuesto cinco pavos.

—Para eso, primero deberías tenerlos —puntualizó Jon—, cosa que no, porque no has visto cinco pavos en meses. Y, segundo, paso: fijo que cae la nevada del siglo y los palmo.

—No me refería a la nieve —contestó Javier.

Jon lo miró fijamente.

—Estás raro de cojones, ¿lo sabías?

Javier volvió a echarle un ojo al Casio y se puso en pie de un salto.

—Me abro.

—No te estarás metiendo algo, ¿no, mamón?

—Ya sabes que paso de esa mierda.

—Pues ya me dirás... ¡Un chocho! ¡No jodas! ¿Es eso? —exclamó de repente su amigo, seguro de haber dado en el clavo.

Pero Javier ya estaba a diez metros y no lo escuchaba. Su madre había salido a buscar trabajo, así que tenía que hacerse cargo de su padre hasta que volviera, y llegaba tarde.

La peste le anegó los pulmones nada más entrar. Se acercó a la ventana y la abrió hasta que las bisagras se quejaron. El edificio de enfrente quedaba a un brazo, las fachadas unidas por un tendedero de cuerda verde encerada lleno de camisetas, pantalones, calzoncillos, bragas, medias y calcetines. Parecían una ristra de banderolas tibetanas meciéndose al capricho del viento.

Se acercó al cabecero y lo besó en la frente. Apenas era un saco de piel relleno de huesos de pájaro; un ictus brutal lo había convertido en un cuerpo deshabitado hacía ya casi diez años, y a Javier le había desvalijado la infancia de cuajo.

—Si no me ayudas, no puedo —se quejó mientras cogía una palangana con una esponja a la deriva—. Seguro que si tuviera dos buenas tetas te movías cagando hostias.

Habían tratado de ingresarlo en una residencia, pero las públicas estaban llenas, y las privadas, a años luz. Ni siquiera les habían dado la oportunidad de que una cuidadora social fuera un par de horas al día para impedir que las llagas le hicieran parecer un Cristo yaciente. Eran escoria; mierda pobre y recortable.

El país debía apretarse el cinturón por el bien común. Lo habían dicho el presidente, el ministro de Hacienda, el de Economía, el de Industria, el de Trabajo y hasta el de Medio Ambiente, y, de ahí para abajo, todos los secretarios de Estado, subsecretarios y demás acólitos con carné. Lo que ninguno de ellos entendía era que lo que para unos es la simple correa que sujeta el pantalón, para otros es una soga.

No se explicaba cómo llegaban a fin de mes. El gasto en medicinas devoraba el paro de su madre, sin contar la hipoteca, la luz, el gas y que nunca faltaba comida en la nevera. En más de una ocasión le había dicho que quería ponerse a trabajar, pero ella atajaba el tema en seco: «Quieres salir de este barrio algún día, ¿no? Pues estudia. Mientras siga teniendo manos, piernas y un par de ovarios, a nadie le va a faltar de nada en esta casa».

Terminó de limpiarlo y le puso un pañal reciclado. Había aprendido a hacerlos en un tutorial de Internet. Apenas lo recordaba fuera de aquella prisión de sábanas, y los pocos momentos que conservaba de su infancia con él se diluían a toda mecha. Ni siquiera las fotos le decían nada. Eran instantáneas de un hombre que apenas reconocía junto a un crío rubio y feliz. Pero ni su padre era su padre ya, ni él aquel nene inocente.

—Esta mierda no va a durar mucho, papá. Te lo juro.

III

Corominas llegó al local con los cartílagos a punto de quebrar. El cráneo, sin embargo, lo traía caliente, como el humor. En cuanto la temperatura había empezado a caer, se dejó la barba —lo que le daba cierto aire a lo Sérpico— y tomó la decisión de comprarse un sombrero. Lo había intentado con los gorros de lana, pero le picaban y le recordaban su niñez, que era algo que no le apetecía evocar. También había descartado las boinas porque le echaban años encima y aún retenía su punto de coquetería.

En una ocasión, Álvaro le había prestado una de sus gorras de béisbol, pero aquello no funcionó. No le apetecía ser el hazmerreír de la comisaría, así que finalmente había optado por un sombrero. Pero no uno cualquiera. «Si vas a hacerlo, inspector, que sea bien», pensó. Y se compró un *fedora*. Porque un *fedora* le da a uno categoría.

Trató de explicarle a la dependienta que no quería un *borsalino*, sino un *fedora*, pero la chica insistió en que se trataba de lo mismo. «*Borsalino* es una marca —le indicó Corominas con paciencia—, pero el modelo es el *fedora*», a lo que la morena de morros colorados replicó: «A mí me gusta el cine francés, y todo el mundo sabe que, desde las dos películas de Jacques Deray, al *fedora* se le llama *borsalino*». «Pues yo soy más de Arthur Penn, qué le vamos a hacer, y lo que llevaba Clyde era un *fedora*.» Así que Corominas salió de la tienda con su *fedora* gris con cinta negra, y aquí paz y después gloria.

Lo único que el subinspector Vázquez, que ya no era el subinspector Vázquez, sino Vázquez a secas, le había cambiado a la taberna era el nombre: adiós a «El Boquerón de plata», hola al «Biscuter». El resto estaba tal y como Corominas y el resto de parroquianos habituales lo recordaban: mesas baratas cosidas a puñaladas de pitillo, paredes rosas

—aunque su nuevo dueño se apresuraba en señalar que eran salmón, exactamente tono FF7B88—, suelo de baldosa picada y una barra con sobre de chapa y frente de plástico que imitaba el mármol sin ningún éxito.

La inauguración había concitado cierto interés —incluso el comisario Contreras se había dignado a asomar el morro—, y Corominas no quería perdérselo.

—¿Biscuter? —exclamó en cuanto le echó el ojo a su antiguo camarada, que detrás de una barra no parecía ni la mitad de duro que pateando la calle.

—Hay tres cosas que un hombre jamás olvida: la primera hostia de su padre, el primer polvo y su primer coche.

—No me digas que tuviste un *zapatilla*.

—Serie 100, como lo oyes.

Vázquez había decidido jubilarse hacía un par de meses. «El día en el que las malditas estadísticas se adueñaron de esta sagrada profesión, la cosa se fue a pique, Hero. Ahora, lo único que les va a la mayoría de estos mamones de teta es el *paloteo* y la *felisa*. Ya no se trinca a los chorizos de verdad, no. Todo es *palote* de tartera y, hale, a empapelar al negro, al moro, al sudaca y al gitano para que el jefe de turno saque pecho. Ahora es tanto trincas, tanto vales, y los de Madrid tan contentos. Y ojo, que no te digo que los angelitos no tengan lo suyo... pero ni punto de comparación con el quinqui de antes.»

Corominas sabía que no le faltaba razón. Las comisarías estaban cada vez más llenas de chavales solo preocupados por baremar; incluso corría el rumor de que andaban por ahí circulares que establecían cupos al respecto. Oficiosas, por supuesto. No fuera caso que la prensa le hincara el diente al asunto y el ministro en persona tuviera que salir a desmentir la cosa públicamente tras persignarse.

—Te diré algo —añadió Vázquez—: nunca le pongas nombre de mujer ni a un barco ni a un bar, y mucho menos te lo tatúes, porque las hembras vienen y van, y cuando te dejan tirado, y que tarde o temprano lo hacen es una de esas verdades bíblicas, entonces tienes un problema.

—Igual es por eso por lo que se largan —replicó Corominas recordando el expediente sentimental del subinspector, que se limitaba a su primera novia, su exmujer y un sinfín de profesionales.

La puerta chirrió acompañando la entrada de Agüero. Al igual que Corominas, venía hecho un carámbano, pero su nuevo corte de pelo le impedía cubrirse la cabeza, no fuera a arruinar los treinta y tantos euros que le había costado. Eso tirando por lo bajo. Raya trazada a regla y tupé años cincuenta que le caía sobre un costado con elegante languidez.

—Así que ahora te has vuelto empresario —exclamó nada más ver a su excompañero con el mandil—. Tengo que reconocer que la minifalda no te queda del todo mal.

—Lo que necesita este país son emprendedores, chaval, que de mamones andamos sobrados.

—Pensaba que te habías jubilado.

—Los tíos listos como yo tenemos testaferro —lo ilustró Vázquez, ufano.

—A ver si te van a empapelar a estas alturas —terció Corominas, socarrón.

—Lo llaman jubilación flexible —se indignó Vázquez—. Que uno siempre ha sido muy respetuoso con la ley.

—Es decir, que tu bar, en realidad, no es tuyo —certificó Corominas.

—No te equivoques, inspector. Este negocio es tan mío como los huevos que me cuelgan. Si está a nombre de mi hija es porque a uno le queda una pensión que ni para putas.

—No sabía que tuvieras una hija —saltó Agüero.

—A mi niña ni mentarla, ¿estamos?

El subinspector supo que había tocado fibra. Años compartiendo garito con alguien y no te enteras de que tiene familia hasta que al fin lía el petate y se larga con la música a otra parte, generalmente a plantar un bar.

—¿Qué os pongo?

—Lo que sea, pero caliente —suplicó, aún aterido.

—Aquí no servimos mariconadas, nene, vaya por delante. Café, solo o cortado, y bautizado como Dios manda.

Justo en ese momento, el móvil de Corominas comenzó a incordiar. Mientras se entretenía en buscarlo por los bolsillos del abrigo, la americana y el pantalón, Vázquez y Agüero se enzarzaron en una refriega acerca de lo que beben los hombres de verdad.

Al mirar la pantalla, el inspector identificó el número de la centralita de Jefatura.

—Corominas.

La rabieta que mantenían los subinspectores le impedía escuchar a su interlocutor con la suficiente claridad, de modo que los atajó con un gesto.

—¿Qué coño quieres decir? —exclamó, desencajado.

La conversación apenas duró una frase más.

—Voy para allá.

Tras colgar, tragó aire y se dirigió a su compañero:

—¿Has traído el coche?

—Ajá. ¿Qué pasa?

—Que han detenido a Laura.

—Lo que te decía, inspector —soltó Vázquez—: esta sagrada profesión gira ya desagüe abajo.

—¿Estás de coña? —dejó escapar Agüero obviando el comentario—. ¿Qué ha pasado?

—Atentado contra la autoridad. La tienen en Jefatura.

Al conocer el motivo, Vázquez no pudo evitar la guinda:

—Siempre he dicho que tu mujer los tenía bien puestos, sí señor. Más gordos que los tuyos.

El viaje fue de comitiva de sepelio. Corominas trataba de ordenar el embrollo que se había desatado en su interior. Su primera reacción había sido de susto, que es lo normal cuando a uno lo informan de que su señora está en los calabozos; el hecho de que él fuera policía empeoraba las cosas, porque había visto a decenas cagarse de miedo en esa situación.

En una comisaría, la mayoría de detenidos son la viva imagen de la indefensión, la fragilidad y el miedo. Especialmente los primerizos. Aunque lo que le daba pavor de verdad era que, conociéndola, Laura agravara las cosas. Lo mejor en esas situaciones es callar hasta que llegue el abogado.

Agüero, que sabía que era mejor no terciar, condujo en silencio. Adivinaba lo que corría por las venas de su superior, y como no quería que le soltara un latigazo, optó por no incordiarlo.

El subinspector Ledesma, que era quien había hecho la llamada, los esperaba en la entrada. Tenía el rostro anguloso como un tajamar y la nariz se le proyectaba como un enorme mascarón de proa.

—¿Dónde está?

—Dentro —lo informó—. Le he dicho que no declare, que yo te avisaba.

De haberse tratado de otro detenido, Corominas hubiera puesto el grito en el cielo. Pero las circunstancias lo son todo, y la que estaba allí era su mujer.

Ledesma era miembro de la CEP y se había presentado a las elecciones sindicales sin mucho éxito. De hecho, sin ninguno. El puesto que correspondía a la escala de subinspección en el Consejo se lo había llevado la coalición formada por el SUP y la Unión Federal de Policía, así que el hombre se había quedado compuesto y sin novia.

Corominas no estaba sindicado; prefería librar sus batallas solito. Sentía la misma desconfianza por ellos que por la Dirección, de modo que siempre había mantenido las distancias. Pero lo que realmente le molestaba de Ledesma era su carácter diletante. Agüero, en cambio, tenía buena relación con él, aunque tampoco eran amigos del alma.

—Te debo una.

—No me debes nada, inspector —respondió Ledesma—. Tú habrías hecho lo mismo.

—Te debo una y punto —replicó Corominas, que estaba seguro de que el subinspector ya había cincelado el favor en piedra.

Ledesma dejó caer los párpados de modo afectado. «Ahí está», suspiró Corominas para sus adentros.

—He hablado con Arreche y está todo arreglado.

No le gustaba deber nada a nadie, y ahora sus acreedores eran dos. Ledesma no era santo de su devoción, pero Arreche, el mando de la UIP de Ofidia —el tipo se había castellanizado el nombre en el registro para sacudirse de encima cualquier posible tufo a vasco—, lo era aún menos. La sola idea de tener que hacerle una visita le provocó una úlcera sangrante.

La base de los antidisturbios estaba situada en un viejo complejo con aspecto de cuartel a las afueras, justo al lado del hospital de San Rafael, que era donde a uno lo llevaban cuando ya no tenía remedio. Al inspector siempre le había hecho gracia que Arreche y sus chicos compartieran espacio con la Brigada Provincial de la Científica: era como meter en un mismo cuarto a boxeadores y sopladores de cristal.

Habían coincidido por última vez en la pasada festividad de los Custodios. A pesar de que Corominas no comulgaba con la deriva apostólica-romana que emanaba del ministerio, el Día del Patrón era el Día del Patrón. «Contradicciones las gastamos todos», solía decirle a Agüero, que lo más cerca que había estado de un cura en su vida había sido en algún funeral.

La conversación había sido escueta, como siempre. Hablar con Arreche era asistir a un monólogo, y Corominas tampoco quería darle pie a familiaridades de ningún tipo.

—¿Has visto *Estado de sitio*? Pues yo soy como Bruce Willis. A mí me sacan a la calle para hacer lo que el resto no tiene los santos cojones de hacer. Los políticos se llenan la boca con la libertad de expresión y de manifestación de los huevos, pero cuando alguien les planta un escrache en las narices, se cagan por la pata abajo. Solo les importa su democracia: silloncito, prebendas y cubatas a dos euros y medio en el teatrillo ese de Madrid. Y da igual que sean de un lado que del otro; por encima de todo, son políticos, y perro no come perro, inspector.

—Y tú estás para cumplir sus órdenes, claro —replicó Corominas, que conocía su afición por la vara.

—Los dos lo estamos, no te equivoques —puntualizó el antidisturbios. Después, se agarró la porra y exclamó—: Este es el verdadero guardián de la democracia y todo lo demás son gilipolleces.

«Más bien el palito de abollar ideologías», pensó Corominas, recordando una tira de Mafalda.

—Aunque no te lo parezca, yo también tengo mi corazoncito. ¿Ves a esos de ahí? —continuó Arreche con el mentón proyectado hacia la ristra de autoridades que habían acudido al acto—: han pasado de chupar de la teta de mamá a la del partido, y ahora maman de las nuestras. Eso es lo que son, unos mamones. No tienen ni puta idea de lo que es sudar el jornal.

—No todo el mundo tiene tu celo —zanjó Corominas antes de largarse.

Una palabra más y hubiera tirado de pistola allí mismo. No porque no estuviera de acuerdo con las consideraciones de Arreche —la mayoría de políticos que conocía, directa o indirectamente, eran unos mamones, un hecho tan comprobable como la gravedad—, sino porque no compartía la simpleza de sus soluciones.

Laura lo esperaba como una niña con las manos sobre la falda plisada frente al despacho de la superiora. Eso sí, su rostro estaba encendido por el cabreo. No reflejaba ni sombra de arrepentimiento ni, mucho menos, de propósito de enmienda.

Nada más verlo entrar, se levantó y lo acompañó hasta el coche. Ninguno de los dos dijo una sola palabra. Corominas sabía lo que se avecinaba. A su mente acudió el enfrentamiento entre Octavio y las tropas de Marco Antonio y Cleopatra en Accio. «La reina en el centro convoca a sus tropas con el patrio sistro, y aún no ve a su espalda las dos serpientes. Y monstruosos dioses multiformes y el ladrador Anubis empuñan sus dardos contra Neptuno y Venus y contra Minerva. En medio del fragor, Marte se enfurece en hierro cincelado, y las tristes Furias desde el cielo, y avanza la Discordia gozosa con el manto desgarrado acompañada de Belona con su flagelo de sangre.» Nadie mejor que Virgilio para narrar el inmediato e inevitable encontronazo con su mujer.

—¿En qué estabas pensando? —le espetó una vez dentro del vehículo.

—En que me he cansado de ser parte de la marea silenciosa.

—Ahora resulta que eres una militante —replicó sarcástico—. Y yo sin saberlo.

Laura permaneció callada. Se le estaba calentando el morro.

—Eres la mujer de un policía...

—¿Insinúas que eso me obliga a algo?

—Igual a ti no, pero a mí sí. ¿Lo has pensado?

Por un momento, se le pasó por la cabeza echar mano de Plutarco y recordarle que nadie debía dudar siquiera de la honradez de la mujer de César, pero sabía que empeoraría las cosas.

—Mis ovarios son míos, Hero. Ni tuyos ni del Cuerpo Nacional de Policía. Así que si me da la gana ir a evitar que echen a una pobre mujer de su casa, voy y punto.

—Me parece perfecto. Pero hay formas y formas.

—¿Ah, sí? Pues eso díselo a tus amigos de las porras. Éramos una turba de lo más peligrosa —remató su mujer con ironía.

—Los compañeros cumplen órdenes —buscó defenderse Corominas. Aunque no se creía ni una palabra, menos aún conociendo a Arreche.

—¿Sabes cuál es vuestro problema? Que sois unos colaboracionistas —disparó ella a cañón tocante.

Corominas no vio venir el gancho y le estalló en todo el mentón.

—Ni es justo, ni es así —respondió, seco.

Laura lo miró, algo arrepentida, pero su cabreo seguía alimentándola.

—No me avergüenzo de lo que he hecho. Es más, estoy orgullosa, mira tú por dónde. El que parece avergonzado eres tú. En el fondo, siempre has sido un niño de papá —lo flageló sin venir a cuento. Buscaba sus partes blandas.

Corominas optó por callar. La refriega se había vuelto barriobajera y uno de los dos debía mantener la calma o las heridas serían cada vez más profundas.

—Ya veo, es eso. Pues la próxima vez me dejas allí dentro y listo —continuó Laura, aún borracha de ira por la indignación y el miedo que había pasado—. Esa mujer no es una cara más en la tele, Hero. Es nuestra vecina. Se llama Elena, para más señas, y bien que te comes su fruta y verdura sin rechistar. Así que la cosa también te incumbe —remató con índice acusador.

La imagen de una pequeña mujer indígena se abrió paso en su cabeza. No es que supiera mucho de ella, lo justo: que había venido de Bolivia hacía unos años y que tenía a toda su familia colgada del gaznate. No hacía falta que Laura le contara los detalles, porque eran los mismos en todas las historias de desahucios que salían en la prensa día sí, día también.

—Y, para tu información, no he ido allí solo por ella.

Corominas la miró sin acabar de comprender.

—También he ido por nuestro hijo. Se lo están cargando todo a plena luz. A este paso, no le va a quedar nada: ni sanidad pública, ni pensiones, ni educación, ni trabajo, ni futuro. ¿Te das cuenta de que van a ser la primera generación que viva peor que sus padres? ¿Y de quién es la culpa? Nuestra. Por callar. Eso es lo que pasa. Así que sí, soy una militante: milito por mi hijo. Ya estoy harta de que aquí siempre paguen los mismos.

Juego, set y partido.

IV

Corominas regresó al despacho con el mismo malestar con el que había salido de Jefatura y había despachado la comida. A pesar de que cada una de sus exhalaciones amenazaba con escarcharse sobre sus labios, optó por dar un paseo. Así le sacaba partido al sombrero —que, todo sea dicho, le había costado un dinero—. Esa era una de las mayores ventajas de Ofidia, que uno podía desplazarse a pie a casi cualquier lado. Además, había decidido que no tomaría ningún bus urbano hasta que terminara la huelga de conductores.

Lejos de darse cuenta de que su actitud no distaba mucho de la de su mujer, se dijo que él militaba en lo que le daba la real gana y porque le daba la real gana. A uno no lo acusan de atentado contra la autoridad por no querer subirse al transporte urbano. Al menos, de momento.

En cuanto se dejó caer en la silla, descolgó el teléfono y marcó el número del Instituto Médico Legal:

—Soy Corominas. ¿Algo?

—Nada, inspector —contestó la voz al otro lado—. No hace falta que llame todos los días; si llega uno, le avisaremos —añadió su interlocutor a modo de coletilla, aunque la queja encubierta no había dado ningún resultado en tres meses.

Corominas colgó, entrelazó los dedos en la nuca y se estiró como un gato. Era el único en este mundo que seguía interesándose por si aparecía el cuerpo de Samuel Álvarez, entero o por partes, eso le daba igual.

El golpeteo de unos nudillos sobre el vidrio le hizo erguir la cabeza. Alguien había tenido la feliz idea de rediseñar la comisaría hacía poco, y al perpetrador se le había ocurrido sustituir las puertas de toda la vida por hojas de cristal al ácido. Corominas no se quitaba de encima la sensación de que el cambio le había robado parte de su intimidad. Eso sin contar que el ministerio se había dejado los cuartos en un carísimo tratamiento de belleza en vez de en el personal.

Agüero asomó el morro casi con temor.

—¿Se puede?

—Se puede.

El subinspector traía la pregunta asomada al rostro, así que Corominas lo sacó de dudas sin darle tiempo a despegar los labios:

—Está bien.

—Menudo susto, ¿no?

—El mío. Porque si preguntas por el suyo, te equivocas de pleno —replicó—. Dice que somos todos unos colaboracionistas. Eso dice.

El subinspector atajó su opinión mientras valoraba cómo se la iba a tomar su superior, que se buscaba un reflejo por si se le había puesto cara de mariscal Pétain:

—Tiene razón —soltó finalmente.

—*Et tu, Brute?*

—¿Qué quieres? Yo no estoy en esto para echar a la gente de su casa a trompadas, inspector. Ni tú. Pero tragamos.

—Otro militante —declamó Corominas—. Pues deja que te diga una cosa: cuando te apuntaste a esto, con el carné venía un librillo de normas de conducta de obligado cumplimiento.

Agüero lo fulminó con la mirada.

—De tan rígido, algún día te partes.

—Es lo que hay —se limitó a añadir su superior—. Tenemos una responsabilidad con la ley, y nobleza obliga.

En plena gresca social, el SUP y otros sindicatos habían abierto una pequeña brecha al señalar que respaldarían jurídicamente a todos los agentes que se negaran a participar en desahucios, a lo que Alberto Cienfuegos, el delegado del Gobierno en Ofidia, había replicado que tanto la policía como la propia Administración estaban obligados por mucho que no les gustara. Aunque Corominas tampoco estaba muy seguro de qué era lo que le gustaba y dejaba de gustar al señor delegado.

También comprendía la postura de Agüero. Pero pontificar desde la comodidad del que no tendrá que poner a nadie de patitas en la calle era muy fácil. ¿Qué pasaba con los policías y agentes que se enfrentaban al trance de tener que escoger entre arrancar a una familia de su hogar o arriesgarse a ser expedientados por una falta grave de insubordinación, abandono del servicio o incluso condenados por un delito doloso o contra el orden público? «Nadie se acuerda nunca de la familia de un policía —suspiró—. Ni de lo que le pasa al uniformado por dentro. Soy un judío. ¿Es que un judío no tiene ojos? ¿Es que un judío no tiene manos, órganos, proporciones, sentidos, afectos, pasiones?» Claro que luego iba alguien y colgaba una foto en Internet de uno de los chicos de Arreche riéndose a mandíbula desencajada mientras tiraba al frío de la calle a una familia entera durante un desahucio.

La conversación no mejoró la sensación de estómago revuelto que traía a cuestas. Lo que le inquietaba era que el mismo desasosiego afectaba cada día a más gente, y de ahí a que a alguno se le fuera del todo la cabeza mediaba solo un chispazo. «Aunque el español medio es de los que sufre el dolor de culo en silencio —se dijo—. O de los que salta desde el balcón por la vergüenza que no tienen unos pocos.»

Tras la marcha de Agüero, trató de distraerse leyendo una circular que informaba sobre el futuro cambio de imagen de las divisas distintivas de cargo. Corominas echó un vistazo a los dibujos y su cabreo subió enteros, no solo porque el ministerio había decidido incluir una corona real en ellas, sino porque su aspecto era totalmente militar. El vaso se colmó al descubrir una hoja anexa en la que los sindicatos informaban de que el coste aproximado de la broma ascendería a tres millones.

La llamada de su padre le proporcionó el motivo perfecto para excusarse. A esas alturas, todo el mundo conocía ya su enfermedad. A pesar de que le habían dado solo dos meses de vida, el hombre parecía empeñado en desoír el dictamen por el simple placer de llevar la contraria.

Como se valía cada vez peor, habían decidido contratar a una mujer para que lo atendiera. Y resultó ser una enfermera diplomada en los fogones del Bulli, el Noma o el Celler de Can Roca, porque cocinaba como un chef de postín. Desde que había entrado a formar parte de la familia, no había sábado en el que él, Laura y Álvaro no cumplieran con la recién instaurada tradición de ir a comer con él.

Reyes, que así se llamaba el ángel, le abrió la puerta y le indicó que el ilustre catedrático descansaba en el salón. Desde el primer día, su padre había insistido, medio en broma, medio en serio, en que la mujer lo tratara de usted, y ella y Corominas habían acordado que se dirigiría a él de ese modo: «Ahora mismo, ilustre catedrático»; «¿Qué quiere hoy para comer el ilustre catedrático?»; «Por supuesto, ilustre catedrático». Y aunque el afectado era plenamente consciente del retintín de la letanía, la dejaba hacer. *Vanitatis*.

—Discusión conyugal —le espetó nada más verlo.

Corominas calló. Era un sí. Evidente. Tanto como la preocupación que arrasaba sus facciones.

—Eso te pasa por casarte con Antígona, hijo. Señalado lo cual, te diré que es lo mejor que te ha pasado en la vida.

El inspector no podía estar más de acuerdo en ese punto. Su padre trató de incorporarse, pero desistió de inmediato. Sus movimientos eran como los de un astronauta en el fondo de una piscina.

—Solo tienes que procurar no meter la pata —continuó—. Porque las Antígonas de hoy pueden ser las Medeas de mañana.

En eso también estaban de acuerdo.

—Te he llamado porque quería hablar contigo de ciertas cosas.

Corominas afirmó con la cabeza. Cuando el ilustre catedrático se disponía a dictar su clase magistral, uno se limitaba a escuchar.

—He puesto este piso a nombre de Álvaro porque, a este paso, el día de mañana cuatro paredes serán un lujo que no podréis permitiros darle.

Reyes, que ya había sido aleccionada, se acercó a Corominas y le tendió una carpeta. El inspector la abrió y extrajo dos documentos timbrados: una escritura de propiedad y un testamento.

—Para Laura quedan algunas cosas de tu madre. Sé que no le gustan las joyas. Si quiere venderlas, estoy seguro de que hará buen uso del dinero que le den... En cuanto a ti... —El hombre trató de aclarar la voz para forzar cierta solemnidad, pero el intento se le quedó a medio camino—. Los libros han sido mi vida, Herodoto. Creo que lo sabes. Para bien y para mal. Me han enseñado todo lo que sé, y en ellos he tratado de verter todo lo aprendido. Sin embargo, ahora me doy cuenta de que en ninguno encontré la respuesta a lo más importante: saber cómo quereros a ti y a tu madre. Durante muchos años me aparté de vosotros pensando que erais una distracción, que lo verdaderamente importante estaba entre sus páginas. Con esto no quiero decir que el estudio no sea importante. Si hoy soy quien soy, se lo debo a ellos. Lo que quiero decir es que he tardado demasiado tiempo en descubrir que solo hay un modo científico de entender lo que es la vida... Y es vivirla.

El discurso lo agotó y Reyes, a la que le rezumaba una lágrima por el rabillo del ojo, le acercó la mascarilla de oxígeno. Su padre tomó dos sorbos y la apartó. A Corominas, el momento le turbó como si tuviera diez años.

—No fui un buen marido ni he sido un buen padre, y a estas alturas, llego tarde a la reválida —balbuceó con media sonrisa amarga—. Pero antes de que me toque pagar a Carón, quiero que sepas dos cosas, hijo: que te quiero y que siempre he estado orgulloso del hombre que eres.

Corominas, que había aprendido a no mostrar sus sentimientos en público a fuerza de decepciones, permaneció inmóvil mientras el temblor del llanto le agitaba las vísceras.

—Así que he pensado que lo más justo era dejarte la biblioteca. Como es probable que lo primero que te venga a la cabeza sea prenderle fuego, el testamento estipula que no puedes sacarla de esta casa. Así me aseguro de que, si caes en la tentación, corras el peligro de privar a tu hijo de su futura morada —matizó—. Los libros pueden ser una bendición o una condena. Lo sé bien. Por eso estoy convencido de que tú mejor que nadie sabrás enseñarle a sacarles su verdadero partido.

Reyes cubrió de nuevo su boca y su nariz con la careta. Se le veía exhausto, pero con la satisfacción del que ha cerrado las cosas a tiempo. Corominas leyó en sus ojos que había terminado y se puso en pie.

—Nos vemos el sábado.

—Daos prisa —susurró su padre a través del plástico empañado—. Cada día estoy más cerca de mi esqueleto.

V

La llegada de los primeros coches patrulla sacó a todo el mundo a balcones y ventanas envueltos en lo primero que habían encontrado. Muchos pensaban que, tarde o temprano, aquello tenía que pasar; lo único en lo que se equivocaban de pleno, porque cada uno hubiera jurado que no era posible, era en la identidad del muerto.

—Pero ¿es de los nuestros o no? —había tratado de puntualizar Agüero en comisaría.

Tanto a él como a Corominas, el aviso los había sacado de la cama. En el caso del inspector, el teléfono había sido el toque de campana que salva al boxeador de la tunda definitiva. Tras la visita a su padre, había decidido volver pronto a casa para comenzar a negociar las bases del acercamiento —más bien rendición— conyugal, pero le había bastado una mirada a los ojos de Laura para adivinar que aún le quedaba penitencia. En cuanto a Agüero, la llamada le había fastidiado un más que probable asunto de bragas.

—No me toques los huevos, subinspector, que no está el horno para bollos —le espetó Contreras, al que le tiritaba hasta la carne más recóndita por lo que adivinaba que se le venía encima—. Los nuestros, los suyos, los otros y los de más allá... Detalles, detalles, detalles. Detallitos de los cojones. Un uniformado caído es un uniformado caído y punto.

Corominas había optado por no meterse. También empezaba a vislumbrar el marrón. Estaba claro que alguien de arriba había llamado a su comisario para exigirle que el caso se solucionara para ayer, y Contreras le había comentado que, para eso, los mandaba a ellos y no se hable más. Es lo malo de labrarse una reputación.

Los de la Municipal habían tomado la zona hacía rato y una decena de agentes deambulaba de aquí para allá con la mirada perdida. Estaban tocados, y alguno, el que se había dado de bruces con el cuerpo, sonado del todo. Tenía esa expresión en el cristalino de quien ha visto a la muerte cara a cara y es incapaz de fijar la vista en ningún lado. En todo caso, hacia dentro.

—Vaya, Herodoto Corominas en persona —exclamó una voz a su espalda.

El inspector volteó el torso:

—Coño, Durruti. Creía que alguien te había mandado ya al otro barrio.

—Las ganas de muchos —señaló el dueño de la voz—. Solo jubilado, que es más de lo que podrás decir tú a este paso.

Paco Erice era el periodista de sucesos más veterano de Ofidia. Aunque tenía la azotea pelada, una mata de cabello blanco desgalichado le nacía en las patillas, circunvalaba sus orejas y se desparramaba en tromba nuca abajo sujeto en una coleta. La piel de su cráneo parecía un planisferio de manchas que orbitaban alrededor de un gran lunar que había echado raíces justo en el centro. Pero las dos cosas que más llamaban la atención de su pinta eran su ojo derecho, blanquecino y muerto, y su inseparable pipa. Se habían cruzado infinidad de apuestas sobre si dormía —y otras cosas— con ella, y sobre cuál era el verdadero origen de semejante excentricidad. Porque, fumar, lo que se dice fumar, Durruti jamás había fumado.

—¿A qué debemos el honor?

—Ahora llevo una página web de información local. *OfidiaTruth.com* —pronunció con énfasis en el *truth*, como si por ello fuera a sonar más anglosajón.

—¿Desde cuándo te manejas tú con las nuevas tecnologías? ¿Y desde cuándo chapurreas el inglés? —se jactó Corominas.

—Renovarse o morir, inspector —replicó Durruti—. En cuanto al nombre, pues ya sabes... «La Verdad de Ofidia» sonaba demasiado bolchevique para esta ciudad, pero le pones *truz* a algo y la cosa adquiere una respetable pátina de credibilidad neoliberal.

—Esta ciudad siempre ha sido pacata y de derechas, ya lo sabes.

—Toma —dijo Durruti mientras le pasaba una tarjeta—. Por si algún día te da por hacerme de garganta profunda. Eso sí, no pago. La verdad es sagrada, universal y gratuita.

—A estas alturas, los de nuestra edad ya no pintamos nada. Deberías saberlo.

—Dejé de chuparme el dedo hace mucho tiempo, inspector.

Al reparar en Agüero, dejó escapar un silbido.

—Coño, te han asignado a un figurín. Paco Erice, chaval. —Le tendió una garra huesuda.

—Subinspector Carlos Agüero.

Corominas, que iba con prisa, atajó sin miramientos:

—Bueno, ya sabes cómo va esto, así que no vayamos a tocarnos los cojones, que ya peinamos canas los dos. Arriba y abajo.

—Lo que tienes ahí es un marrón de los gordos, te lo digo yo. A ver hasta dónde te dejan tirar.

Durruti dio media vuelta y abandonó el escenario con paso decidido camino de algún garito en el que hacer entrar en calor pies y garganta.

—¿Y ese? —preguntó Agüero.

—La conciencia de Ofidia —respondió Corominas con cierta ironía, no exenta de verdad, eso sí.

—¿Y lo de Durruti?

—Su padre fue uno de los jefazos de la Falange de Ofidia, y claro, el hijo le salió trucha. Un rojeras de cuidado. Así que se quedó con el mote. Más por joder al padre que por otra cosa.

Se acercaron al cuerpo sin saber qué iban a encontrarse. La charla en comisaría había sido escueta: lugar, identidad del fallecido y para ayer.

Lo primero que pensaron fue que estaban de mala suerte: la figura que revoloteaba alrededor del cadáver era Torres. Tenía su lógica; si había una estrella ascendente en el equipo de forenses de Ofidia —tampoco eran muchos, por no decir que la cosa se reducía a cuatro—, era él. La prensa iba a exigir al mejor, y el más mediático era Torres, sin duda. Joven, guapo y con pedigrí adquirido en cursos de intercambio con la CIA, Scotland Yard y alguna agencia hebrea de pronunciación imposible. Aunque no era manco, todo sea dicho.

El cuerpo parecía dormitar tranquilamente la mona contra la pared de un edificio, arropado por la finísima lámina de pan de oro con la que lo habían cubierto los de emergencias.

—Inspector —saludó Torres—. Subinspector.

Esta vez el tono fue faltón adrede, como estableciendo una barrera de clase. Torres era así, no podía evitarlo.

—Funcionario forense —atizó Corominas con toda la mala uva de la que fue capaz.

Torres se tragó a sorbos el orgullo que se le escapaba por

las fauces; no era imbécil y sabía que la riña absurda no llevaba a ninguna parte. Los tres eran conscientes de lo importante del caso. Después, uno va y descarga la mala leche en el gimnasio o en un catre.

—Destripado y emasculado —los informó.

—¿Emas*qué*? —intervino Agüero.

—Le han cortado los huevos —aclaró Corominas—. ¿Estaba ya...?

Torres asintió con la cabeza antes de que pudiera completar la frase.

—Todo un detalle.

—¿Algún tipo de mensaje? —aventuró el subinspector.

Corominas se encogió de hombros. Quizás sí, quizás no. Aunque sus años de experiencia le decían que algo era; no te entretienes en pasarle la cuchilla por los testículos a alguien si el asunto no es, cuando menos, ligeramente personal.

Sus ojos se abrieron como faros al descubrir el pequeño objeto metálico tirado a apenas un metro del cuerpo:

—Coño, una *sindicalista*.

Su mirada permaneció fija en la pistola. Alrededor de la culata había un trozo de cordel con el extremo arrancado de un tirón. El inspector buscó a uno de los compañeros de la Científica, que debía de tener mejor GPS que el deportivo del subinspector, porque llevaban allí un buen rato, y levantó las cejas pidiendo permiso.

El tipo asintió con la cabeza. Todo estaba fotografiado, etiquetado y cartografiado con la pulcritud de una excavación egipcia. Solo faltaba el juez. Y si Corominas no se equivocaba, y raras veces lo hacía en lo suyo —el resto era otro cantar—, las fuerzas vivas de Ofidia.

Cogió un par de guantes y se acuclilló junto al arma. Agüero se agachó a su lado, dispuesto a recibir la lección.

—Estás ante una pieza de museo, subinspector. Una Star 1919 fabricada por la Bonifacio Echeverría. La llamaban la *sindicalista* porque era la preferida de los anarcos en tiempos, aunque más de uno de la UGT también tiró de ella.

Se acercó el cañón a la nariz y lo olisqueó.

—Y no la han usado desde entonces, eso seguro. Dudo que la munición funcione siquiera. Pero está cuidada.

—¿Y la cuerda?

—Se llevaban colgadas por dentro del pantalón. Ataban un extremo del cordón a la culata, el otro alrededor de la cintura y descosían el bolsillo para poder echar mano de ella llegado el momento. Así se evitaban un susto en caso de cacheo.

—Chicos listos.

—O lo eras, o acababas mal —apuntó Corominas.

—Pues como ahora —replicó Agüero.

El inspector miró a Torres, que esperaba con cara de fastidio a que concluyera su lección magistral. No soportaba que le robaran el protagonismo.

De nuevo junto al cadáver, el forense levantó la mortaja que lo cubría y pudieron observar la matanza en todo su esplendor. El hombre estaba sentado sobre lo que parecía una laguna cuajada de Cabernet Sauvignon, los ojos bien abiertos y las tripas enredadas entre los dedos.

—¿Con qué lo rajó?

Torres señaló una pequeña bolsa en la que había un pedazo de cristal roto.

Corominas echó un vistazo al portal contiguo, en el que se adivinaba la silueta de un cuerpo estampado. Muerto y matarife parecían haberse peleado a cara o cruz. Imaginó a la víctima tratando de regresar sus intestinos recién evadidos al interior del vientre para evitar lo inevitable; mala cosa saber que palmas y no poder hacer nada. Solo te queda tiempo para rezar si eres creyente, o para cagarte en Dios si no lo eres.

La voz de Torres interrumpió sus cavilaciones:

—Aquí no puedo hacer mucho más. Lo que os adelanto

es que diría que la causa de la muerte es la que parece. En cuanto llegue el juez, nos lo llevamos.

Justo en ese instante, apareció el séptimo de caballería. A Corominas le pareció hasta escuchar el «Garryowen» mientras la comitiva de Volkswagen negros se detenía frente al cordón policial. Imposible decir si se habían puesto de acuerdo o era todo fruto de la casualidad.

Del primer vehículo se bajaron un chaval joven acompañado de la secretaria judicial, por lo que dedujo que se trataba de su señoría; del segundo, el delegado y su jefa de gabinete, una pelirroja de ojos descomunales y piernas de saltadora de altura, acompañados del concejal delegado del Área de Seguridad Ciudadana.

Pero la tralla de verdad iba en el tercero. El primero en poner pie a tierra fue el jefe de la Policía Municipal. Agüero lo llamaba *el Sargento de Hierro*. El hombre era un clon del sargento de artillería Highway de la película de Clint Eastwood: cabello a ras, cara cuadrada y mandíbula de héroe de la Marvel. Tras él se bajó el comisario Pelayo, el nuevo jefe superior del CNP en Ofidia. Había sido trasladado desde la Jefatura de la Comisaría de Distrito Centro en Madrid y apenas llevaba un año en la ciudad. Rostro sacado de un santo del Greco y un denso bigote entreverado que se le comía el labio.

Corominas y Agüero intercambiaron una mirada fugaz. Su comisario no les había advertido del trance; al menos, habían llegado antes que él. El tercero en descender fue un tipo al que conocía de vista, aunque nunca habían tenido trato. Un tal Pedregosa, creyó recordar.

—Inspector Corominas —saludó Pelayo. Al mirar a Agüero, sin embargo, permaneció en un incómodo silencio.

—Subinspector Agüero —salió al quite Agüero.

—Les presento a Enrique Tomás, jefe de la Municipal, y al inspector Pedregosa, superior inmediato de Falcón.

—De la Brigada de Investigación —apuntó mientras les estrechaba la mano.

Era un hombre bien plantado, en la cuarentena, ojos verde oliva y media melena caneada. «Ya estamos todos —pensó Corominas—: el baile puede empezar.»

—Pedregosa será su enlace —los informó Pelayo antes de soltar el discurso—. Señores, este caso es prioritario, ¿entendido? Quiero que lo traten como si la víctima fuera uno de los nuestros. Si necesitan algo, pídanlo. Máxima colaboración, inspector, ¿estamos?

Corominas asintió. Era un alumno aplicado que calla, escucha y traga. Acabado el aleccionamiento de cara a la galería, ambos jefes se marcharon al encuentro del delegado y el concejal.

—Es lo que hay, inspector —dijo Pedregosa—. Tienes fama de ser un tío directo, así que te lo diré sin rodeos: no tengo ninguna intención de tocar los cojones, ni tampoco he venido a fiscalizar. Quiero lo mismo que tú.

—Si es así, no habrá problema —señaló Corominas—. ¿Amigo tuyo?

—No te digo que sí, porque no lo era. Relación estrictamente profesional.

—¿Qué lleváis en Investigación?

—¿Crees que está relacionado?

—Pues de momento no creo nada.

El municipal asintió de modo casi imperceptible.

—Un poco de todo. Nada gordo.

—¿Quién dio el aviso?

—El de las basuras se lo encontró tal cual y llamó al 112, que nos avisó.

—¿Quién acudió?

Pedregosa señaló con la cabeza a un grupo de agentes arremolinados en torno a un compañero roto.

—Me gustaría hablar con él.

A juzgar por su estado, igual era hasta su primer fiambre. Mal asunto perder la flor con uno de los tuyos.

—Dame un segundo.

El municipal fue a su encuentro e intercambió unas palabras con el corro.

—¿Crees que nos traerá problemas? —soltó Agüero en cuanto se hubo ausentado.

—Ya veremos.

El juez se acercó hasta donde estaban y se presentó:

—Soy el juez Miralles.

Al tenerlo a dos palmos de la cara, Corominas comprobó de primera mano hasta dónde llegaban su juventud y su coquetería. Tenía las cejas depiladas a cera y lucía una barba en estado embrionario perfilada con precisión quirúrgica, al igual que su pelo, obra de algún estilista meticuloso, quizás el mismo al que acudía su compañero. Era la primera vez que coincidían, así que lo más probable era que lo hubieran trasladado hacía poco.

—Inspector Corominas.

—Subinspector Agüero.

—Empaquetado y listo, señoría —interrumpió Torres—. Como supongo que la cosa tiene prioridad, espero tener el informe listo mañana —añadió mientras giraba sobre sus talones y hacía mutis por el foro como si fuera Caruso.

El juez fue en pos del forense para asegurarse de que todo se realizaba según el protocolo; no quería cagarla, menos aún tratándose de un policía.

Corominas y Agüero se acercaron al grupo de Pedregosa, que movió la cabeza en sentido negativo. El agente no estaba para preguntas. Ya tendrían su oportunidad, pensó.

—¿Algún testigo?

—Nada —respondió otro de los municipales, el que parecía más entero.

—¿Estaba de servicio?

Pedregosa le confirmó que no con un nuevo ademán.

—¿Y sabes qué hacía por aquí?

—Este era su barrio —terció un nuevo agente, fan del gimnasio y los suplementos dietéticos. A Corominas le vino a la cabeza una de las máximas de Vázquez: «Un hombre que no come como Dios manda no es un hombre de verdad, inspector».

—¿Vivía por aquí?

—No.

—¿Entonces?

El cachas se encogió de hombros. Corominas tuvo la certeza de que sabía más de lo que estaba dispuesto a contar, pero se abstuvo de hurgar en el tema por el momento. Echó un nuevo vistazo alrededor. Varios vecinos habían abandonado la comodidad de sus balcones y trataban de confirmar desde la línea policial que el muerto era, en efecto, Antonio Falcón. En sus rostros había estupor, pero también cierto alivio.

VI

Por primera vez en mucho tiempo, el barrio despertó en paz. Era algo que todos llevaban por dentro. Si Corominas hubiera estado allí, habría sabido de inmediato que nadie sentía lo más mínimo la muerte de Antonio Falcón.

Javier observó las caras de sus vecinos camino del instituto. Algo había cambiado. Al menos hasta que apareciera otro Falcón, y lo haría tarde o temprano. A un buitre siempre lo sigue otro a la carroña, pero él esperaba haber sacado su tajada para entonces.

Tenía una visita pendiente antes de clase. Torció por una

minúscula bocacalle y se plantó frente a la librería de lance de Miguel Lacunza. Estaba cerrada. Miró el reloj: las ocho y media. Hacía demasiado frío como para esperar a que el hombre decidiera presentarse y no quería que llamaran a su madre del centro informándola de que su hijo aún no había aparecido por allí. «Una semana —le había especificado el librero—. Nada hasta que haya pasado como mínimo una semana.» Pero Javier no podía esperar. No sabía. A su edad, uno lo quiere todo para ayer.

Dio media vuelta y enfiló por la calle que moría en el instituto; más allá comenzaba la *terra incognita*. Su intuición había sido correcta: la nevada era segura, pero no acababa de decidirse. Mientras pateaba con la vista fija en la punta de sus deportivas, recordó su primera conversación con el librero. Miguel Lacunza sabía cómo tejer una buena tela de araña:

—¿Cómo está tu padre?

—Como siempre.

—¿Y tú madre?

—Tirando.

Apenas cinco minutos después de que la despidieran, todo el barrio estaba al corriente. Javier odiaba las miradas. *Esas* miradas. Siempre decían lo mismo: pobre chaval, la madre en la puta calle y el padre aferrándose a la vida, cuando lo mejor para todos sería que se fuera al otro barrio y los dejara en paz. Puta condescendencia.

—Hace lo que puede —señaló Lacunza. El hombre hilaba con paciencia de abuela—. Lo que le pasó a tu padre fue una putada. También lo es que no pueda tener los cuidados que necesita, pero tu madre es demasiado orgullosa para aceptar ayuda. Tú, en cambio, pareces un chaval listo.

Javier lo escrutó. Estaba claro que, tarde o temprano, aquello iría a parar a algún lado.

—Me caía bien, tu padre.

De hecho, Pedro Castro había sido miembro de la Asociación de Comerciantes del barrio de San Marcial que presidía Miguel Lacunza. El hombre había mantenido abierta la tintorería hasta el final. Hasta el cierre de la Liver Chemical, la fábrica que daba trabajo a medio barrio y alimentaba a la otra mitad. Aquel día, todo comenzó a desmoronarse y perdieron el negocio para no perder la casa. Para Castro, no poder mantener a su familia había sido una sentencia de muerte; el ictus no fue más que la ejecución de la pena.

—Quiero ayudarte —remató Lacunza.

—No necesitamos ningún favor —replicó Javier, al que su madre le había metido el orgullo hasta el tuétano. «Los favores se pagan, hijo. Todos», solía repetirle. Era una lección que tenía bien aprendida.

—No he dicho que fuera a regalarte nada —matizó Lacunza, que intuía lo que le rondaba por la cabeza—. Tendrás que ganártelo.

Javier no habló. «Sigue», le dijo con la mirada.

—De hecho, todos saldremos ganando.

—¿Qué ganaré yo?

A un chico de catorce años, el resto del mundo le importaba una mierda.

La sede de la Policía Municipal quedaba a unos veinte minutos a buen paso de la comisaría. Ocupaba un edificio entero de tres plantas sembrado de troneras espigadas en lugar de ventanas. La entrada principal, un rectángulo de cemento con pretensiones neoclásicas, estaba coronada por el escudo de la ciudad sobre un colorido despliegue de banderas. La de Ofidia, la de España, la de la comunidad y la europea.

Preguntaron por el inspector Pedregosa y esperaron en una pequeña salita. El ambiente era de entierro.

—Un municipal es la gente, Hero, ¿entiendes? —le había

dicho Vázquez mientras desayunaba aquella mañana en el Biscuter—. Todo el santo día gastando suela. A nosotros nos llaman cuando la cosa es gorda, pero ellos están ahí para la bronca, la reyerta, el hurto y la doble fila. Cargarse a un municipal es como matarle a uno un primo. Si es de tu barrio, te sabes su nombre, si está casado, si tiene hijos... Hasta es posible que conozcas a su madre, a su padre y a sus hermanos si los tiene. Además, la autoridad es la autoridad, coño. Un uniforme es un hábito tan sagrado como el de un cura. Hasta ellos se lo quitan para petar culos.

«La misma cercanía que hace brotar el respeto, incluso la amistad y el cariño, es capaz de cultivar el odio más cerril», había rumiado Corominas. Pero había decidido guardárselo.

—Bienvenidos —los saludó Pedregosa.

—Veo que tenéis el trapo bien desplegado —bromeó Corominas. Ellos se limitaban a la rojigualda y punto. «Las banderas no son más que mortajas de colores», solía decirle su padre. El inspector estaba totalmente de acuerdo.

—A nuestro querido alcalde le gusta que todo esté bien planchadito y en su sitio —ironizó el municipal—. Y así nos recuerda quién manda.

Corominas esbozó sonrisa y cuarto.

—¿Dónde podemos hablar?

—Pues depende de lo que queráis preguntar —contestó su interlocutor.

Le cayó bien la respuesta. Y le cayó bien el tipo. Ya lo había hecho la noche anterior. Agüero sintió una punzada de celos. Otro macho rondaba su gallinero.

—Creo que tú también sabes cómo va esto, así que te dejo elegir.

—Oído, cocina —exclamó Pedregosa mientras les hacía un gesto en dirección a la puerta—. Tengo algo para vosotros.

Una vez en la calle, sacó un paquete de tabaco y les ofreció un cigarrillo. Ambos negaron con la cabeza.

—Mal hábito, lo sé. Pero la excusa perfecta para pequeñas fugas. ¿Habéis traído coche o vamos en el mío?

—He aparcado justo allí —indicó Agüero, que no sabía por dónde iba la cosa.

—Y supongo que en tu coche no se fuma —suspiró el municipal mientras dejaba caer el pitillo y lo aplastaba con la suela en un gesto estudiado. Al tío le gustaba Bogart.

—No si eres hombre, eso seguro —soltó Corominas—. Ellas no sé.

El subinspector le lanzó una de sus miraditas. «No se airean los trapos de uno ante un desconocido», le recriminó con las cejas desniveladas y dos arrugas profundas en el ceño.

Pedregosa hizo ademán de sentarse atrás, pero Corominas lo detuvo:

—Tú eres el que sabes adónde vamos —dijo mientras trataba de encajarse en el minúsculo asiento posterior del deportivo.

A medida que abría las piernas, todos sus músculos protestaron: pectíneo, sartorio, obturador, abductores, piriforme, psoas-ilíaco, tensor y rectos. Una vez en su sitio, se echó un vistazo y pensó que su postura poco tenía que ver con la sensualidad de la Stone en *Instinto básico*.

Agüero puso el motor en marcha y esperó instrucciones:

—Da la vuelta al edificio, y la primera, a la derecha.

Mientras se concentraba en seguir las indicaciones del municipal, Corominas aprovechó el viaje:

—¿Ya sabes qué hacía Falcón por ahí a esas horas? —preguntó.

—Salía del *pub* de Zaira. De tomarse una copa. O dos. Al parecer, tenía costumbre.

Corominas asintió. Un policía fuera de servicio tiene todo el derecho del mundo a tomarse las copas que sea; los centilitros en los que uno decide ahogarse dependen de la mierda que quiera olvidar por un rato. Porque la mierda siempre vuelve. También comprendió por qué los compañeros del muerto habían guardado un respetuoso silencio: los vicios son privados.

La vía del tren avanzaba paralela a una avenida de chopos raquíticos. Más allá se extendían varios terrenos en construcción a medio rematar y las pocas huertas que aún quedaban en pie dentro del núcleo urbano. La explosión de la burbuja inmobiliaria las había salvado de las garras de la especulación, pero había condenado al barrio de San Marcial a la más pura anorexia. *El Gueto*, así lo llamaba todo el mundo.

La silueta de una gran chimenea precedió a la mole de la Liver Chemical. «Otro cadáver del capitalismo», pensó Corominas al verla.

—Si era de aquí, supongo que conocía a todo el mundo. Y que todos lo conocían —aventuró.

Pedregosa confirmó con la cabeza. Era de normal escueto.

—¿Familia?

—La madre murió hace tiempo, el padre hará unos cinco años. Cuando promocioné, Falcón estaba de excedencia para cuidarlo. Al morirse, solicitó la reincorporación y pidió este destino.

Una punzada sacudió a Corominas por dentro, el esbozo de su padre acabado en el sofá.

—¿Qué tipo de gente era?

—¿A qué te refieres?

—Pues a qué tipo de persona.

—Conocía estas calles mejor que nadie, así que hacía las cosas a su manera.

—Los muertos están muertos.

Pedregosa torció el cuello:

—Iba a la suya... Un tío duro y cabrón, hablando claro. Ex*lejía*. Algunos de los compañeros, los más jóvenes, lo admiraban; otros, en cambio, no podían ni verlo. Seguidores y detractores a partes iguales. ¿Es eso lo que querías saber?

—Sí, si es la verdad —asintió Corominas.

—Lo es —dejó escapar Pedregosa en un suspiro—. Pero era uno de los nuestros.

—Llevar placa y compartir profesión implica solo eso —manifestó el inspector.

—Lo mismo pienso yo. Pero tú y yo somos tú y yo. Ya sabes cómo funcionan las cosas.

Corominas lo sabía perfectamente. Como sabía que una muerte violenta tiene un extraño poder beatífico sobre el expediente de cualquier finado.

—A la izquierda, y después, la segunda, a la derecha.

Agüero callejeaba con el ceño fruncido y la mirada atenta. No sabía hasta qué punto su flamante coche estaría seguro en aquellas calles, a pesar de que aquel barrio no se diferenciaba en nada del arrabal en el que él mismo había nacido. O precisamente por ello.

—Dejadme que os diga una cosa —añadió Pedregosa con voz grave—: puede que Falcón fuera muy suyo, pero él solito salvó este barrio de la mierda. Las cosas como son. Desde que cerraron la fábrica, esto se convirtió en el súper de la nieve y el jaco de Ofidia. Hasta su reincorporación. A ese hombre le importaba su casa y la barrió bien.

Corominas y Agüero permanecieron en silencio. Pedregosa les acababa de regalar unos cuantos sospechosos.

—Es aquí —indicó finalmente.

El subinspector detuvo el coche y echó un vistazo a través de la luna delantera. Estaban justo frente al Pub Zaira.

El local era un rectángulo de una sola planta con el aparejo de la fachada a sogas y pintado de blanco. El techo, en cambio, plano como la losa de un sepulcro, había sido coloreado de rosa. Visto a cierta distancia, parecía una tarta cubierta de *fondant*. El único detalle destacado lo formaban unos arcos negros y verdes de estilo árabe trazados a mano alrededor de la puerta. No se veía ni una sola ventana en todo el perímetro. Las mil y una noches en versión güisquería.

—Mucha clase, sí señor —sentenció Agüero.

—A cada uno le gusta lo que le gusta —replicó Corominas mientras estiraba las piernas. Tenía los cuádriceps agarrotados por culpa del maldito *espagat*.

La cosa no mejoraba mucho al entrar. Una barra cruzaba el espacio de lado a lado hasta dar con un pequeño escenario, y, justo tras él, una pesada cortina de terciopelo ocultaba lo que debía de ser el vestidor o lo que fuera que las chicas hicieran allí detrás.

El surtido de licores era más bien limitado. Ginebra, toda de la misma marca, güisqui Ballantine's, ron blanco Bacardí, algunos ejemplares de Licor 43 y para de contar. El único lujo lo constituía una botella de Partida Tequila Elegante cuyo recipiente recordaba a un gran frasco de muestra de Channel nº 5. Reservado a algún cliente de morro fino y cartera generosa. Probablemente de fuera del barrio.

Pedregosa golpeó la barra con los nudillos y esperó. Apenas un minuto después, un firme taconeo les llegó desde el otro lado de la cortina. Al descorrerla, descubrieron a la mujer. Parecía increíble que aquel cuerpo enorme aguantara el equilibrio de un modo tan grácil sobre semejantes plataformas de metacrilato. De hecho, Corominas no fue consciente del verdadero tamaño de la dueña hasta que la tuvo plantada delante.

Sus facciones eran suaves y atractivas, en especial sus ojos negros, y su boca parecía una golosina de fresa brillante por efecto del pintalabios. Era una boca excepcional. Rotunda. Densa y carnosa, pero liviana y esponjosa a la vez.

Su cabello oscuro y su tez oliva auguraban un origen más que probablemente magrebí; era un cruce perfecto entre un cuadro de Romero de Torres y una escultura de Botero.

—Buenos días —saludó Pedregosa, desplegando su identificación.

—Inspector —correspondió ella. Después, repasó a Agüero de forma descarada. Por un momento, su superior temió que a la pobre se le fueran a licuar los labios. Finalmente, reparó en él sin mucho interés.

—Inspector Corominas y subinspector Agüero, de la Policía Nacional —les presentó Pedregosa.

—Venís por Falcón —se limitó a responder la mujer.

El municipal sacudió la cabeza en sentido afirmativo.

—Estuvo aquí. Se tomó varias copas y se fue.

Corominas lanzó una miradita al subinspector. Sabía que tendría más posibilidades de pescar algo que él, así que le dejó hacer.

—¿Hora?

—Una menos cuarto.

—¿Solo?

—Siempre bebía solo. Y sí, se marchó solo.

Agüero pensó que solo existían dos motivos de verdad por los que un hombre bebiera siempre solo: o porque no tenía un solo amigo al que soltarle las toneladas de mierda, odio, resentimiento y amargura que llevaba por dentro antes de vomitarle encima, o porque le faltaban los huevos para pegarse un tiro y quería matarse poco a poco.

—¿Alguna chica en especial?

La dueña permaneció en un silencio de lo más escrupuloso.

—No me interesan tus putas, solo Falcón —trató de tranquilizarla.

—Le gustaba beber solo.

—¿Y también le gustaba follar solo?

—Aquí solo venía a beber. Si alguna vez se llevaba a alguna chica por ahí, eso ya no lo sé.

—¿Observaste a algún cliente no habitual esa noche?

Zaira negó con la cabeza. Una sola ida y vuelta. Era tan económica con los gestos como con las palabras. Agüero empezaba a cansarse del toma y daca.

—¿Hablaste con él de algo?

—Del tiempo —respondió la mujer, sin fondo de desprecio. Quizás fuera hasta cierto.

—¿Lo notaste nervioso o inquieto?

—Era el mismo hombre de siempre.

Por su tono, el muerto no le caía bien, estaba claro. Pero un cliente es un cliente.

—¿Te dijo adónde iba al salir?

—¿Y por qué lo iba a hacer? —respondió ella, ya con muestras de aburrimiento. Su mirada era directa, sin rastro de inquietud. Estaba muy hecha a lidiar con lo que fuera, clientes chungos o maderos de todo pelaje; en su coño había entrado de todo.

Agüero echó un vistazo alrededor.

—¿Tienes cámaras?

—Lo que ves es lo que hay, encanto. Aquí nos conocemos todos, y asustan a los clientes.

—Por lo que dices, era un habitual —deslizó Corominas—. ¿Tenía día fijo?

—Venía cuando se le antojaba.

Corominas y Agüero desistieron. No iban a sacar mucho más de ella. Aunque quizás no había nada que sacar. Sopesaron si amenazarla con la cantinela de extranjería, estupefacientes y demás, pero la mujer no tenía pinta de chuparse el dedo.

—Muchas gracias —cerró Corominas, aún atrapado en la magnificencia de su boca.

Giró el cuello y se dirigió a Pedregosa:

—¿Se te ocurre algo?

El municipal agradeció el detalle, pero guardó silencio.

—Muy bien.

La mujer los acompañó con la mirada mientras se dirigían a la puerta, los ojos fijos en el culo de Agüero. Una vez en el exterior, Corominas interpeló de nuevo al municipal:

—¿Cuál es el camino más corto hasta la escena?

Pedregosa dudó del propósito por un instante, pero no era asunto suyo indagar sobre lo que rondaba por la cabeza de Corominas. Miró a ambos lados hasta situarse y emprendió la marcha.

Torcieron a la izquierda por la primera calle, caminaron unos pasos y enfilaron por un callejón, más bien un tajo entre dos edificios. Las hombreras del inspector, más ancho que sus acompañantes, se llevaron parte del revestimiento de las paredes, que se convertía en arenilla al más mínimo roce. Al salir, se dieron de bruces con el lugar. Corominas se detuvo y observó a izquierda y derecha mientras lidiaba con la suciedad de sus mangas a manotazos.

—¿Sabes si los técnicos se llevaron algún coche?

—Sé lo mismo que tú, inspector —respondió Agüero.

—Tuvo que venir de algún modo. ¿Qué vehículo tenía?

—Un León negro, creo —lo informó Pedregosa.

El coche estaba aparcado a unos metros del portal donde lo habían asesinado, en una plaza para minusválidos. Agüero comprobó el tirador. Estaba abierto:

—Si es este, nadie lo ha mirado —indicó—. Menuda cagada.

—Comprueba la matrícula y llama —le ordenó su superior—. No vaya a ser que haya algo y nos jodan con la cadena de custodia.

El subinspector se apartó unos pasos y sacó el móvil. Corominas se encaminó hacia la entrada de la finca y se ocultó tras la pared que albergaba los interfonos.

—Lo esperaba aquí. Falcón llega hasta su coche y el asesino lo sorprende por detrás. Aprieta el gatillo, pero el arma falla. Entonces se enzarzan y tu hombre lo estampa contra la puerta. Después debió de creerse seguro y ni se enteró de nada hasta que lo rajaron.

—¿Y te esperas en plena calle hasta que pasa a mejor vida para cortarle los huevos? —planteó Agüero reuniéndose de nuevo con ellos—. Tenía que odiarlo mucho para jugársela así. Cualquiera pudo haberlo visto.

—Tomamos declaración a todos los vecinos de los bloques cercanos, pero nada —informó Pedregosa.

—Lo trincharon de mala manera —señaló el subinspector, sin percatarse de la crudeza del comentario—; digo yo que alguien tuvo que oír algo.

—O quizás Antonio Falcón no era un tipo tan querido como creemos por estos lares. En estos barrios, las cloacas suelen llevar mierda a base de bien —remató Corominas.

VII

Nada más poner un pie en el edificio, Corominas supo que el deshielo había comenzado. El olor del *marmitako* inundaba cada rincón de la finca. Con todos sus matices. Un sofrito con una buena base de cebolleta, pimiento rojo, pimiento verde, ajo y un punto de cayena, y, antes de comenzar a rehogar las patatas cascadas —«hermosas», solía decir su suegra, que era de Bermeo, una santa en la cocina— con el tomate y la pulpa de pimiento choricero, se le añaden unas pequeñas rebanadas de pan. «El fondo es fundamental. Si no, ni la cocina ni los hombres saben a nada», solía puntualizar con absoluta seriedad. Pimentón, un chorrito de *txakoli* y comenzar a añadir el caldo. «Poco a poco, con paciencia, que es un guiso, no una sopa.»

Laura lo hacía al modo tradicional, cociendo las espinas y la cabeza del atún, el bonito o el cimarrón en agua de mar junto a media cebolla, un puerro, una cabeza de ajos, unas cebolletas, una zanahoria y un ramillete de perejil. «Pero el secreto definitivo es que, una vez echado el atún, se termine de cocinar en la mesa.» Su suegra había dejado a su única hija un gran legado. No todo son dineros y tierras.

A Corominas le encantaba el invierno. No porque le gustara el frío, sino porque comenzaba su estación gastronómica preferida. La mayoría de la gente divide el año en función de los días de sol, el calor, el índice de lluvias y el comportamiento del termómetro; él lo hacía por pucheros. «Y el invierno es una bendición», solía repetir.

Álvaro, que era consciente del movimiento estratégico de su madre en la cocina, abandonó su neutralidad suiza y trató de ayudar a que el silencio se fundiera poco a poco:

—Me han dado un papel en la obra del instituto —comunicó algo azorado.

—¡Enhorabuena! —soltó Laura.

Corominas la miró de soslayo. Su reacción, un punto sobreactuada, lo puso sobre aviso. Allí pasaba algo de lo que no era partícipe.

—¿Y desde cuándo te gusta a ti el teatro?

—No está mal —respondió con tono de adolescente desganado.

Definitivamente, algo se movía en su propia casa y ni se había enterado. «Tan agudo para unas cosas, tan poco para otras», pensó.

—¿Qué obra es?

—*Agamenón.*

—Esquilo, ¿eh? ¿Y a quién te ha tocado interpretar?

—A Agamenón.

—Tu abuelo estará encantado.

Nada más soltar la frase, una sombra le oscureció el ánimo.

—¿Cuándo es?

—Dentro de dos semanas. En la función de Navidad.

De camino a la comisaría, no pudo dejar de pensar en su padre. Estaba en las últimas; pura mojama sobre un sillón de cuero gastado. Y la primera idea que le vino a la mente fue la de comprar una cámara digital para que el hombre pudiera ver a su nieto convertido en rey de Argos antes de irse al otro barrio.

El crujido de sus pies sobre la acera lo devolvió a la realidad. Levantó la suela y se dio cuenta de que alguien había rociado las baldosas de cemento estampado con sal. La nevada era inminente.

Torres le había prometido que tendría el informe de la autopsia a primera hora de la tarde, y estaba seguro de que cumpliría. Sencillamente, hay muertos que valen más que otros.

Acechó una sombra acercándose por el pasillo y, antes de que el emisario cerrara el puño para golpear el cristal, le indicó que entrara con una voz.

—La autopsia, inspector.

Corominas echó un vistazo a su reloj. Las cuatro en punto. Torres se había dado prisa.

—¿Algo más?

—No, gracias.

En cuanto el agente se marchó, abrió la carpetilla y le echó un vistazo. Nada nuevo: a Falcón le habían cortado los testículos una vez pasado a mejor vida y la causa de la muerte había sido la hemorragia severa fruto del destripamiento: la víctima se había quedado exangüe. Otro dato: el asesino era diestro. Aunque lo que había hecho fuera una auténtica chapuza.

El análisis de la Científica aportaba algún dato más. En el arma, por asignarle una nomenclatura técnica, habían encontrado una huella parcial —quizás cinco o seis puntos, un mundo hasta los doce preceptivos— y dos tipos de sangre: la de Falcón y la de su asesino. Donante desconocido. También habían hallado trocitos de piel de ese donante, además de la del muerto, claro, y unos minúsculos jirones de vinilo. El destripador llevaba guantes, lo que explicaba la ausencia de huellas en la *sindicalista*, pero se le había rajado uno al coger el cristal.

Tenían un bosquejo de huella y el ADN del presunto, pero no les servía de nada si no podían confrontarlo. Llegado el caso, además, tendrían que mandarlo fuera y sentarse a esperar. Aunque eso tampoco garantizaba nada: en sus años de calvario policial había visto a abogados con la capacidad de eliminar del sumario hasta la prueba más sólida del planeta. Abracadabra y listo.

Corominas recordó entonces una conversación que él y Laura habían mantenido con un matrimonio amigo de su mujer. Ambos estaban convencidos de que la policía podía acceder a las huellas de todo españolito de más de catorce años que se hubiera sacado el DNI, que bastaba con cruzar datos y listo. El inspector tuvo que explicarles que la ley no les permitía acceder al DNFIL, ni siquiera en los casos de cadáveres sin identificar, a no ser que ya existieran fuertes indicios sobre su identidad. Pero que las búsquedas generalizadas eran ilegales. Estaba el PERPOL, estaba el BSDN y estaba el SAID, pero solo cubrían a los ya fichados. Así que, por mucho que uno tuviera una huella, no les servía de nada si al tipo no lo habían pillado o investigado nunca.

La presencia de sangre y piel indicaban que el asesino se había cortado, así que quizás le hubiera dado por acudir a Urgencias. No confiaba mucho en ello, pero habría que comprobarlo; el tipo no tenía por qué ser un lumbreras. La única certeza que le quedó tras acabar el informe fue que, a pesar del truculento resultado, el crimen era premeditado, algo que ya sospechaba.

Agüero entró sin llamar.

—Nada de nada, ¿no? —afirmó más que preguntó.

—En lo que a nosotros concierne, poca cosa.

Ambos sentían en el cogote la mirada de media ciudad. La prensa había hincado sus fauces en el caso a base de bien. El asunto suponía un soplo de aire fresco a recortes, apropiaciones indebidas, sobres, cajas esquilmadas y políticos imputados, así que no soltarían la presa así como así.

Entre exclusivas, obituarios más o menos hagiográficos y exigencias de todo tipo para que el caso se solventara antes de que el gallo cantara tres veces, Corominas se había enterado de que el barrio de Falcón era el que había presentado el menor índice de criminalidad de Ofidia durante los últimos años. Al hombre le habían otorgado incluso una medalla al mérito por tanto denuedo.

Al leerlo, supuso que las cosas en la Municipal no debían de diferir mucho de lo que sucedía en su empresa, en la que la mayoría de condecoraciones que se repartían entre las escalas inferiores llevaban distintivo blanco. Una palmadita en la espalda y ni hablar de una subida de sueldo a fin de mes, muchacho. Todos los de la casa sabían —sin saber, por supuesto— que el distintivo rojo era uno de los modos con los que el Santo Oficio complementaba los ingresos de los mandos afines.

La opinión era unánime: Antonio Falcón era un héroe caído. Al menos de momento.

—¿Qué toca? —preguntó Agüero.

—Ha llamado Pedregosa. Nos tiene preparados los expedientes.

—¿Apostamos por el ajuste de cuentas?

—Por algún lado hay que empezar.

—O sea, que mejor me llevo las gafas.

—Allí no te conoce nadie, así que no creo que se rían de ti por llevar eso en la cara.

El médico le había diagnosticado presbicia en la última revisión, de modo que, fiel a su compromiso con el estilismo, Agüero se había comprado un par de lentes de pasta redondas que le daban un aspecto a medio camino entre Arthur Miller y Harry Potter.

Al poner un pie en la acera, comprobaron que la histeria se había apoderado de las calles. Una fina capa blanca había comenzado a cubrir el asfalto y las aceras, y los coches circulaban a veinte por hora tratando de seguir las roderas del vehículo que les precedía. Corominas echó un vistazo al cielo. La nevada era intensa y no tenía pinta de parar, de modo que optaron por regresar al interior, hacerse con un par de paraguas e ir a pie.

Pedregosa había acumulado sobre su mesa una montaña de carpetas.

—Todos los casos de Falcón desde su vuelta.

—¿Dónde podemos instalarnos?

El municipal los condujo hasta una sala de reuniones de esas que ahora llaman de *briefing*. También en su comisaría la habían rebautizado así. Cada vez que asistía a algún reparto de tareas, Corominas imaginaba al sargento Esterhaus de *Canción triste de Hill Street* entrar y soltar aquello de «Tengan cuidado ahí fuera».

El inspector dividió el montón en dos pilas equitativas, arropó el respaldo de la silla con su americana y se sentó mientras Agüero sacaba las gafas de su funda y se aseguraba de que no había moros en la costa. Corominas apenas pudo contener la sonrisa.

—*Et tu, Brute?* —le devolvió esta vez Agüero.

—*Touché*.

La tarde iba a ser larga.

A pesar de lo que cargaba por dentro, Javier lucía una sonrisa franca. Por fin nevaba. Él y Jon iban camino de los recreativos de Pedro Mendes, el único sitio en el que los chavales del barrio podían desahogar sus penas a falta de otra cosa; hacía años que se había dejado de jugar en la calle. Aquel era terreno vedado a padres y a chicas, un universo paralelo en el que ascendías en la escala social en función de tus puntuaciones en las máquinas. Todo muy claro y muy simple.

Al entrar, posó sus ojos en el dueño, a salvo de la barbarie que reinaba en la sala principal de su negocio tras un parapeto de vidrio. Javier sabía que era el eslabón más débil, así que había decidido atacar por ahí. Todos en el barrio lo llamaban *el Cagao*. Sería por algo.

Pedro Mendes tenía la cara hundida en un periódico deportivo. El hombre era muy poca cosa, lo que hacía que las gafas que le ocupaban la mitad del rostro parecieran pesarle una tonelada sobre las orejas y el ánimo. Su aspecto apocado había tenido todo que ver en el desarrollo de su carácter.

—¿Me das cambio?

Mendes ni lo miró. Cogió el billete de cinco que el chico había colado por la rendija y dejó caer las monedas correspondientes en la naveta sin despegar sus ojos del último escándalo contractual de una de las estrellas de la Liga.

Miguel Lacunza hijo aferraba una Uzi de 9mm frente a la Operation Wolf. La máquina. Diez niveles. Nadie se había acercado ni de lejos a su marca, y eso le daba a uno verdadero empaque allí dentro. Era el rey.

—¡Un cabrón más, solo uno más!

Una bala escupida por un cañón invisible impactó en la pantalla y todo se volvió negro. *Game over*.

—¡Su puta madre!

Se parecía físicamente a su padre. Cara fina, ojos vivos y mentón con hoyuelo. No como el de Cary Grant o William Holden, sino más bien como los de Kirk Douglas o Travolta, tirando a agujero de bala. Sus caracteres, sin embargo, no podían ser más opuestos. El chico, al que todos llamaban Lacun, era puro nervio; su padre, granizo.

—¡Hombre, la parejita! —exclamó al verlos—. Parecéis maricones, en serio, todo el día pegados.

—Se dice homosexuales —lo corrigió Jon.

Lacun se echó a reír.

—No, si al final va a resultar que sois *bujarras* de verdad.

El tema del día no tardó en salir.

—Qué fuerte lo de Falcón, ¿no? Me gustaría conocer al héroe que se lo ha cargado. Ese tío se merece una medalla, la puta Estrella de Plata.

Javier permaneció en silencio. El buen humor que traía se había quedado jugando con la nieve.

—Dicen que lo rajaron pero bien —continuó Lacun—. Me imagino al *hijoputa* con todas las tripas ahí desparramadas, lloriqueando como un maricón...

La cara de Javier adquirió ahora rictus de poema. Jon lo miró, preocupado.

—Pero ¿qué coño os pasa, nenas? ¿Tenéis la regla o qué?

—Su madre sigue sin curro.

A Lacunza hijo, las desgracias de los demás le importaban una mierda, como a su padre, así que cortó por lo sano:

—¿Hace una a dos manos?

—Hecho —respondió Jon, sin pensárselo. Estaba convencido de que llegaría el día en que le haría morder el polvo y ocuparía su trono.

Javier se excusó y regresó a la entrada. Mendes, que seguía enganchado en la lectura, lo ignoró de nuevo, pero al ver que el chaval no parecía darse por vencido, asomó los ojos por el borde superior de las páginas.

—¿Qué coño quieres?

—Dile a Lacunza que quiero verlo.

—Te dijimos que esperaras —le respondió entre el paroxismo y el canguelo, imposible saber cuál de los dos era el predominante. Su mirada iba del chico a la sala y de regreso al chaval, como si temiera que alguien fuera a descubrirlo todo y a señalarlo con el dedo.

—Yo he cumplido. Os toca —soltó Javier a la vez que deslizaba un papel doblado por la rendija.

—¿Qué es esto?

Pero su interlocutor ya no estaba. Al desplegarlo, Mendes se encontró con un tríptico informativo de lo que parecía una residencia de esas para viejos con muchos *cuartos*: habitaciones grandes y luminosas, corredores con suelos y paredes de mármol y arañas con lágrimas de Swarovski, butacones de cuero, muebles de caoba con delicadas filigranas, jardines versallescos y un edificio parisino con tejado de pizarra en forma de escamas. Al instante, descolgó el teléfono e hizo una llamada. Como en las películas.

VIII

Para cuando Corominas y Agüero terminaron de repasar los casos de Falcón, era noche cerrada y estaban como al principio. El subinspector se quitó las gafas y se frotó el puente de la nariz, en el que se le habían quedado grabadas las plaquetas —más bien era un huecograbado—, mientras Corominas se pasaba la mano por la frente para atajar una gota de sudor que trazaba un meandro hacia sus cejas. La camisa se le había pegado a la espalda y un triángulo difuso comenzaba a formarse en su pecho.

—No sé en tu montón, pero aquí no hay nada. No como para arriesgarse a matar a un poli, vaya.

—A veces se mata por los motivos más estúpidos, Carlos, ya lo sabes —replicó Corominas—. A polis y a no polis.

El subinspector había visto lo suficiente como para estar de acuerdo. Pero cargarse a un uniformado tenía su aquel. Ni las mafias liquidaban ya a los agentes de las Fuerzas y Cuerpos de Seguridad del Estado; ahora, simplemente, los compraban, que era mucho más fácil y más barato.

Tal y como les había dicho Pedregosa, Falcón había trincado uno a uno a todos los camellos del barrio, primero, y a algún que otro empresario del gremio, después. Ni uno solo había podido *darle cola*. La mayoría, sin embargo, se dedicaba al menudeo; ningún Pablo Escobar en las filas.

—Quizás metió la polla donde no debía, vete tú a saber —expuso Agüero al tuntún.

—Lo único que tenemos de momento es la *sindicalista* —contestó Corominas mientras revisaba las manchas de sus sobacos.

Justo en ese instante, Pedregosa llamó a la puerta. El inspector echó un vistazo a su reloj. Se había perdido la cena.

—¿Os apetece salir a picar algo?

No hizo falta más.

La buena noticia era que había dejado de nevar. Pero hacía un frío de mil pares. El viento entraba franco del norte y campaba a sus anchas por la avenida, que seguía el trazado del antiguo *Cardus Maximus* original de Ofidia, ahora rebautizado con nombre de Papa colaboracionista. Corominas tuvo que sujetarse el sombrero por la corona para no perderlo.

El resplandor mortecino que escapaba por el ventanal

del Biscuter era la única fuente de luz de toda la calle. En realidad, se trataba más bien de un pasadizo abierto entre la trasera del edificio en cuyos bajos estaba la comisaría y la entrada de servicios del Parlamento.

Pedregosa echó un vistazo dentro. Su cara era un poema.

—Mejor no preguntes —sonrió Corominas.

Vázquez creía que aquel aspecto avejentado le daba al local auténtica solera. Según el concienzudo estudio de mercado que juraba haber realizado antes de aceptar el traspaso, las tendencias hosteleras de Ofidia se reducían a pinchos de autor, montaditos pijos y demás parafernalia minúscula propia de la *nouvelle cuisine*, así que alguien debía ofrecer a los ignorantes moradores de aquella ciudad de provincias el sagrado recetario nacional: torreznos, callos, albóndigas a la jardinera, bravas, banderillas y vino a granel.

El hombre había nacido en Carabanchel Alto, como Manolito Gafotas, y no concebía otra gastronomía que no fuera la debidamente mesetaria. Hacía tiempo que Corominas le había dado por perdido.

Nada más entrar, sintieron el puñetazo rancio que desprendían las paredes. El local estaba desierto.

—¡Los héroes de Ofidia! —exclamó Vázquez al verlos.

—Te presento al subinspector Manuel Vázquez, empresario de la noche —correspondió Corominas—. Inspector Pedregosa, de la Municipal.

—Sebas —señaló mientras le estrechaba la mano.

—¿Qué os pongo?

—Tres cañas.

Recibida la comanda, el hombre se encaminó a los tiradores sin quitarles ojo de encima. Sabía perfectamente qué se traían entre manos. Demasiada profesión a cuestas, y que su clientela se reducía casi en exclusiva a policías.

—¿Sabes si Falcón tenía algún asunto de faldas por

ahí? —inquirió Corominas, decidido a explorar la teoría de Agüero, que aún no era ni eso.

—¿Me estás pidiendo que meta las narices? —trató de puntualizar Pedregosa.

El encargo no le había caído muy en gracia, estaba claro. No le apetecía ser el que fisgoneara en la vida sexual de un compañero: las cosas del pito son sagradas.

Vázquez interrumpió la conversación con las cañas escoradas sobre la bandeja. Corominas hizo ademán de sacar la cartera, pero el exsubinspector lo atajó, indignado:

—En esta santa casa, las Fuerzas y Cuerpos de Seguridad del Estado beben la primera gratis. Eso sí, el resto corre de vuestra cuenta. ¿Se os ofrece algo más?

—¿Qué tienes para comer?

—Lo que ves es lo que hay —dijo desplegando el brazo en dirección a la barra.

Corominas echó un vistazo a las bandejas y el estómago se le descompuso en señal de protesta.

—Andáis con lo del municipal muerto —siguió Vázquez. No era una pregunta, sino una afirmación—. ¿Alguna pista?

—Poca cosa.

—Cuando a uno le rebanan la hombría, es que la metió donde no debía —pronunció satisfecho la rima.

—¿Y tú cómo sabes eso?

—Los polis sois un coladero, inspector, ¿aún no te has enterado?

Corominas ignoró la puya y se volvió hacia Pedregosa:

—Si preguntamos nosotros, nadie abrirá la boca.

—Y me pasáis el marrón.

—No te lo pediría si no creyera que es una posibilidad. Tiene sentido si tenemos en cuenta la cuerda.

—¿Qué cuerda? —se interesó Vázquez.

—Alguien se dejó una *sindicalista* en la escena.

—¡No jodas! ¿Todavía circulan?

—Eso parece.

—¿Qué pasa con la cuerda? —quiso saber Pedregosa.

—Era bastante corta, lo que significa que el asesino no era muy alto. Si sumamos ambas cosas, podría tratarse de una mujer.

—Te lo dije, inspector —exclamó Vázquez—. Se están armando, y bien que hacen. Todo cabrón que le pone la mano encima a una hembra merece bala.

—Creía que las señoras no tiraban de pistola —intervino Agüero.

—Tiran de lo que pueden.

—No sé —dudó Pedregosa—. Falcón era un pieza. No era tan fácil rajarlo así como así.

—He conocido a mujeres que te sacarían las tripas sin que te dieras cuenta, chaval —le espetó Vázquez mientras se levantaba la camisa—. ¿Ves esto? —La cicatriz le recorría la parte baja de la espalda como si le hubieran extirpado un riñón—: ¡Primero van a por tu cartera, y luego quieren el resto!

—A mí se me ocurre otro candidato —agitó la cabeza Pedregosa—. No es mujer, pero encaja en lo de la altura y, lo que es más importante: tiene motivos.

—Dispara —le indicó Corominas.

—Mauricio Jiménez.

—Me suena —meditó Agüero, rebuscando en su memoria—. Estaba en uno de los expedientes de Falcón, ¿no? Menudeo.

—Ese menudeo lo metió en el trullo de cabeza —confirmó el municipal—. Cuatro años y una multa que estará pagando hasta la tumba. Lo perdió todo: el negocio, a la mujer y al hijo. En cuanto lo encerraron, ella pidió el divorcio y se largó cagando leches.

—¿De dónde te sacas eso?

—He sondeado por ahí... A Falcón le costó trincarlo, pero al final, cayó. Y como el hombre no tenía ganas de largar, fue derechito al hotel.

Agüero y Corominas intercambiaron una miradita: demasiado perfecto. Aunque Pedregosa fuera sincero.

—¿Tú qué opinas?

—Pues que por menos se mata —arguyó Vázquez—. Pero lo de rebanarle los huevos no me acaba de encajar. Estoy contigo, inspector: *cherchez la femme.* Eso opino.

—No descartemos ninguna posibilidad, de momento.

—Lo que tú digas —aceptó el municipal a regañadientes—. Preguntaré, a ver si saco algo.

—Nosotros tiraremos de la pistola y le haremos una visita al tal Jiménez —concedió Corominas para compensar.

Acabada la charla, apuraron lo que les quedaba de un trago mientras Vázquez se ponía en pie y comenzaba a recoger vasos y taburetes. Hasta que Pedregosa soltó la bomba:

—Tenemos otro problema.

Corominas, que ya estaba con un brazo dentro de la gabardina, se detuvo en seco. No le gustaban las sorpresas.

—Me han dicho que Falcón llevaba siempre una pipa encima. No la reglamentaria, sino otra. Una USP Compact.

«Estupendo —pensó el inspector—: ahora resulta que tenemos por ahí suelto a un matarife armado.»

Acto segundo

Mala tempora currunt

I

A la nieve le había dado por volver con furia. El viento azotaba los copos en todas direcciones, hasta el punto de que a algunos los devolvía cielo arriba para que cayeran en una nueva pirueta. Puro confeti.

Corominas decidió que lo más prudente era cargar con un paraguas. El único que encontró por casa fue una enorme sombrilla de promoción de un banco en el que podría refugiarse un equipo de fútbol sala entero. En ningún momento pensó en que alguien podía tomarla con él por lucir semejante divisa por la calle. «*Mala tempora currunt* —se dijo—; no solo en los cielos.»

Lo que hacía que una tormenta de nieve fuera diferente de cualquier otra inclemencia era su unicidad, rumiaba mientras se abría paso bajo la ventisca. Miles de cuajarones de hielo cayendo alrededor y cada uno era una minúscula agrupación fractal de cristales sin parangón. «Son lo más parecido a las personas —razonó—: todas semejantes, pero cada una peculiar.»

Aunque lo que verdaderamente le fascinaba era el silencio. Ni truenos, ni rayos, ni relámpagos, ni el golpeteo monótono de la gota sobre la piedra, la tierra, la uralita, la teja, el asfalto o la grava. La nieve es callada.

Al llegar a comisaría, los copos se habían acumulado de tal modo sobre la sombrilla que habían ocultado hasta la contera. Por un momento, Corominas pensó que las varillas cederían y lo engullirían como los pétalos de una planta carnívora.

Nada más entrar, el comisario le salió al paso. Su corpachón, que en otro tiempo debió de ser la envidia de unos y la alegría de algunas, lo convertía en un muro infranqueable.

—Espero que tengáis algo.

No era una pregunta, sino una exigencia. La etiqueta quedaba para otras ocasiones.

—Algo hay —contestó Corominas para quitárselo de encima.

Pero Contreras permaneció inalterable.

—¿Y bien?

—Puede ser un ajuste de cuentas, o puede que un asunto de faldas —desgranó el inspector, consciente de que nada de lo referido significaba mucho. No hacía falta ser una lumbrera para saber que lo único que le interesaba a su superior era cerrar el caso cuanto antes. Del modo que fuera—. Estamos con el arma. Quizás nos aclare alguna cosa.

No sabía dónde los llevaría lo del tal Mauricio Jiménez, así que prefirió guardárselo.

—Para ayer, Corominas. Para ayer —le instó Contreras.

El inspector asintió una única vez, como si la cabeza le pesara una tonelada.

—¿Y qué tal va la cosa con los de la Municipal? —añadió su superior.

—Pues va.

—Si se andan con alguna hostia, me lo dices. Y en cuanto tengas algo, me informas cagando leches, que los de arriba muerden, ¿estamos?

Corominas agitó la cabeza de nuevo.

—Para ayer, inspector. Para ayer —repitió Contreras mientras se alejaba.

Al abrir la puerta del despacho, descubrió a Agüero frente a su ordenador. Sostenía el auricular con el hombro mientras garabateaba algo sobre un papel. Nada más llegar, se había puesto en contacto con la Intervención Provincial de

Armas de la Guardia Civil. Primero, para mostrar su indignación por la falta de acceso informatizado al registro, y, segundo, para averiguar lo que realmente quería: a nombre de quién estaba consignada la pistola que habían encontrado en la escena del crimen.

El guardia civil con el que habló se disculpó por el problema informático, que, según dijo, debía de afectar también a los propios servicios de la Policía Nacional, y lo informó amablemente de que había cinco Star 1919 registradas en la ciudad, todas ellas como arma de coleccionista. A continuación, le comunicó que la que le interesaba, con número de serie 450, pertenecía a Pedro Mendes Echeverría, calle Independencia, número 10.

En cuanto tuvo lo que quería, el subinspector colgó y soltó un bufido:

—Mejor no preguntes…

—Pues no pregunto.

—A lo que vamos: el arma está registrada a nombre de un tal Pedro Mendes. ¿Y a que no adivinas qué?

—Es del barrio.

Agüero lo perforó de parte a parte con los ojos. Seguía sin gustarle que su superior le fastidiara las sorpresas. Corominas se lo notó en la cara:

—Si preguntas, lo lógico es que piense que es alguien de allí, ¿no te parece? Si no, no hubieras puesto ese tono.

—¿Qué tono?

—*Ese* tono —especificó Corominas con una sonrisa—. Bueno, al menos ya sabemos dos cosas.

Agüero permaneció anclado en su sitio. No pensaba moverse hasta que lo informaran debidamente de todos los detalles, especialmente de los que desconocía por completo. Corominas, por su parte, se detuvo en la puerta, a la que comenzaba a cogerle cierto aprecio.

—Según los partes de Urgencias, nadie ha acudido a ningún centro de salud ni hospital por una herida cortante en la mano en los últimos dos días. ¿Contento?

El subinspector se puso en pie.

—¿Avisamos a Pedregosa?

Corominas meneó la cabeza.

—Pensaba que te caía bien.

—Y me cae bien, pero eso no significa que necesitemos niñera todos los días, ¿no? —puntualizó—. Aún te queda alguna que otra cosa por aprender sobre el noble arte de la política si quieres sentarte ahí algún día.

La nevada seguía su curso, pero esta vez no tenían más remedio que coger el coche. El Ayuntamiento había improvisado una serie de minúsculas quitanieves encajando una pala en el frontal de los vehículos de la limpieza. Los pobres no daban abasto. De hecho, uno había encallado estrepitosamente mientras trataba de hacer a un lado un montón de pasta churretosa. «El revés de la nívea postal», sonrió Corominas.

—¿Cómo va la cosa? —le tiró de la lengua Agüero.

—¿A qué te refieres?

—A veces eres un capullo, ¿lo sabías?

Corominas giró el cuello, desconcertado por el repentino gancho, pero se abstuvo de opinar.

—Somos amigos, ¿no? —agregó Agüero, perdiendo la carretera de vista por un instante. Buscaba una reacción en los ojos de su superior, que asintió—. Pues me jode que no me cuentes las cosas, coño. Vale que a los de tu generación os metieron en el coco que un hombre no habla de mariconadas. Pero te aseguro que es bueno hacerlo de vez en cuando. Solo te digo eso.

Corominas se sintió avergonzado, no solo porque un pipiolo le acabara de poner los puntos sobre las íes, sino porque sabía que Agüero tenía razón.

—Entérate, inspector: ahora los hombres lloran y hablan de sus sentimientos, así que aplícate el cuento.

—Tomo nota.

Agüero desistió. Estaba claro que haría falta algo más que el sonido de una corneta para derribar las murallas de su superior, que eran poco menos que las de Troya, la de los altos muros.

Al llegar al domicilio de Pedro Mendes, su mujer los informó de que su marido estaba en el trabajo, les dio la dirección y cerró la puerta. Ni siquiera quiso saber por qué lo buscaba la policía.

Agüero decidió que lo más prudente sería acercarse a pie. A medida que pateaban las calles, se dieron cuenta de que el barrio estaba en coma. Por cada comercio que aguantaba, había otros tres locales vacíos. «Se alquila», «Se traspasa», «Se vende».

Todo tenía aspecto de gastado. Cada bloque, cada acera irregular y rota, cada fachada jaspeada de desconchones confirmaban que nadie se había ocupado de ellos en años. El asfalto tampoco había recibido atención alguna desde que una cuadrilla de operarios lo había desplegado hacía al menos una década. Cada dos metros se abría un boquete; cenotes de todos los tamaños, geometrías y profundidades, desde superficiales a abisales. La mayoría estaban anegados y cubiertos de nieve, lo que los convertía en pequeñas trampas mortales.

Para cuando llegaron a los recreativos, Corominas tenía los pies entumecidos, claro que el estado de los de Agüero debía de ser bastante peor, empecinado en no abandonar sus zapatos de marca. Los pobres estaban hechos una pena y sus dedos debían de parecerse a los de un alpinista en apuros.

Nada más cruzar el umbral, Pedro Mendes los caló. Lacunza los había advertido de que la policía haría preguntas. Era lo normal. Pero por mucho que uno se prepare para lo que ha de venir, no puede evitar que, llegado el trámite, le brinque el ánimo.

Corominas se plantó frente a la ventanilla y, al ver que el hombre no le hacía ni caso, golpeteó el cristal con su alianza. Mendes cerró el periódico y dibujó una sonrisa.

—¿Pedro Mendes?

—¿En qué puedo ayudarles?

—Inspector Herodoto Corominas. Mi compañero, el subinspector Agüero. Investigamos la muerte del subinspector Falcón.

Rutina, rutina, rutina. Corominas no quería mencionar nada relativo al arma, de entrada, por ver si el hombre se traicionaba en algún momento, así que optó por preguntas de trámite que cualquier policía de cualquier rincón del mundo haría en una investigación criminal.

—Estamos hablando con los vecinos. Tengo entendido que el subinspector nació y se crio en este barrio...

Mendes asintió.

—Como tienen aproximadamente la misma edad, he pensado que quizás podría contarme cosas sobre él.

—Nos conocíamos desde hace tiempo, pero nunca fuimos amigos, lo que se dice amigos, ya me entiende —respondió el hombre con gesto compungido, como si tuviera que disculparse por algo.

Corominas pensó en hacer una disertación sobre el verdadero significado de la amistad, pero prefirió guardársela.

—¿Sabe si tenía algún problema con alguien de aquí? ¿Algún malentendido, una vieja rencilla...?

Mendes se limitó a contraer los trapecios, así que Corominas decidió tensar un poco la cuerda para comenzar a cerrar la red a su alrededor.

—¿Y con usted?

—¿A qué se refiere?

—A que si ustedes dos tenían o habían tenido algún tipo de problema.

—Ya se lo he dicho —saltó el hombre, como si le hubieran activado un resorte—. Nuestra relación se limitaba a hola y adiós y poco más. Quizás haya sido por algo oficial, ¿no? Algunos se la tenían jurada.

Corominas sonrió para sus adentros. Solo los implicados suelen molestarse en ofrecer sospechosos alternativos a la policía; la mayoría tiene bastante con no hacerse de vientre cuando se les interroga.

—¿A qué se refiere? —curioseó Agüero.

—Pues a eso.

—¿Por ejemplo?

—El Mauri.

Al ver que el dato se quedaba corto, el hombre completó:

—A Mauricio Jiménez, el dueño del taller de motos.

Era la segunda vez que alguien les soltaba el mismo hueso. Corominas sacó una libreta del bolsillo interior de la americana, una Moleskine de tapas negras que le había regalado Laura por su cumpleaños, e hizo ver que tomaba nota.

—¿Y sabe si Falcón tenía algún asunto con alguien? Sentimental, me refiero.

La pregunta pilló a Mendes por sorpresa. Una sorpresa sincera.

—No, que yo sepa.

—Me preguntaba si había oído rumores… Yo también me crie en un barrio como este y sé por experiencia que es difícil ocultar ciertas cosas —aventuró Corominas con una sonrisa que pretendía ser cómplice.

A Mendes no se lo pareció. Lo que le pareció es que se trataba de un truco barato. No entendía del todo la dirección que tomaba el asunto. Agüero, que sabía que su jefe era un niño de papá de barrio alto, tuvo que aguantarse la risa.

—También comprenderá que debo preguntárselo —prosiguió Corominas—. ¿Dónde estaba usted cuando lo mataron?

—En casa, con mi mujer.

—Muy bien —pronunció el inspector con tono de fin de fiesta.

Solo entonces, Pedro Mendes se permitió relajarse. Sus carnes se aflojaron y su expresión se destensó; había salido con nota del interrogatorio.

—Una última cosa —añadió entonces Corominas como el que recuerda de pronto un asunto baladí—. ¿Tiene usted algún arma?

Un chivato de alerta se encendió en algún rincón de la cabeza de Mendes. «Algo ha salido mal. Condenadamente mal», maldijo mientras lloriqueaba su desgracia entre dientes: ¿por qué no le había dicho nada el chaval? Ninguno de ellos se había preocupado por cerciorarse de que todo había seguido su curso debido; solo sabían que Antonio Falcón estaba por fin donde debía estar. Tenía que pensar rápido, porque sabía por dónde iba la cosa.

—No llevo un negocio de riesgo, que digamos, y este es un barrio tranquilo, inspector.

—Verá —siguió Corominas—: hallamos una Star junto al cuerpo. ¿Sabe de qué arma le hablo?

El dueño de los recreativos asintió con los párpados. Su cuerpo estaba tan paralizado que aquel velo era la única parte dispuesta a moverse. «Piensa algo rápido o estás listo», rumió.

—La registré como coleccionista hará un tiempo. Aunque, si le digo la verdad, no es que lo sea. —Las tornas habían cambiado: ahora era él quien buscaba congraciarse con una sonrisa—. Por eso no había caído. Era de mi padre, un recuerdo de familia. A los republicanos no les dieron nada, inspector: solo hostias, cárcel y bala en muchos casos.

Y después les cayó encima una montaña de olvido. ¿Están seguros de que es la mía?

—Así figura en el registro —intervino Agüero.

«La mejor defensa es un buen ataque —pensó Mendes—. Ahora les dices que la guardabas en un rincón del almacén, que hace mucho tiempo que no la ves, que ni siquiera recuerdas dónde la pusiste y que cualquiera puede haberla cogido.»

—¿Podría mostrarnos dónde la guardaba?

El hombre abandonó el amparo de su receptáculo de vidrio y los condujo hasta una puerta al fondo de la sala. Lacun, que no dejaba en paz el gatillo de su Uzi, los acompañó con la mirada. «Maderos —pensó—. Fijo. A ver si *el Cagao* este ha tenido algo que ver con lo de Falcón.»

Ni siquiera estaba cerrada con llave. Las paredes quedaban ocultas tras un sinfín de estanterías metálicas de bandeja y ángulo ranurado en las que reposaban trastos de lo más dispar. Mendes saltó de un anaquel a otro mientras rebuscaba en el interior de viejas cajas de cartón pochado. Olía a cerrado y a húmedo.

—Aquí está —dijo mientras extraía un estuche de madera del interior de una de ellas.

Corominas lo abrió. Estaba vacío, claro.

—Cuando murió mi padre, la metí ahí y me olvidé de ella. Aquí están sus cosas.

El inspector descubrió un banderín rojinegro, un puñado de cartas, un montón de papeles deshidratados y un viejo carné de la CNT. Pedro Mendes Pestaña. El hombre lo miraba desde el pasado con una expresión altiva. Los ojos de Corominas se posaron entonces en uno de los documentos, una copia del Manifiesto de los Treinta. Al parecer, Pedro Mendes padre había sido *trentista.*

—Deberá acompañarnos a formalizar una denuncia —señaló de regreso de su breve paseo por la historia; estaba claro que no podía desprenderse del cincuenta por ciento de su ADN—. Su arma ha sido hallada en la escena de un crimen, señor Mendes: cuanto antes se aclare todo, mejor para usted.

A los diez minutos de que dos policías se llevaran a Pedro Mendes en volandas, la cosa corría de balcón en balcón. Su testimonio no aportó gran cosa. El hombre se ratificó en lo dicho: que sí, que el arma era suya, pero que se trataba de una pieza de museo, no de un instrumento vil. Ni siquiera sabía si funcionaba, ni si había sido disparada en alguna ocasión. A la muerte de su padre, se había limitado a enterrarla junto al resto de sus cosas y punto. ¿Acaso alguien sería tan estúpido de usar una antigualla registrada a su propio nombre para llevarse por delante a un policía?

Ni Corominas ni Agüero le creyeron la mitad. De algún modo, aquel hombre era una pieza del entramado que había llevado a Antonio Falcón a la nevera. Pero sus excusas eran sólidas. Su almacén estaba al alcance de cualquiera que hubiera querido llevarse la pistola, así que, una vez rubricado el requerimiento, se marchó y santas pascuas.

—¿Qué saca un tío como Mendes de la muerte de Falcón? —rumió Agüero.

—Ahí está el tema —señaló Corominas.

La imagen de Durruti se le vino a la cabeza sin necesidad de pensarla. Si había alguien que se supiera todas las miserias de Ofidia de corrillo, era él. Quizás pudiera echarle una mano.

—¿Y qué hacemos con el tal Jiménez? Porque, de momento, lleva pleno al quince —añadió el subinspector—. Como el mochuelo sea culpable y vuele, se nos va a caer algo más que el pelo.

—De haber querido, estaría ya en Cuba —sostuvo Corominas—. Además, le pedí a Pedregosa que le echara un ojo. Así, lo tenemos ocupado.

—A eso me refería —replicó Agüero, mosqueado porque su superior no le había dicho nada del operativo—. Algún día te llevarás un susto por callarte las cosas. Pero haz lo que te venga en gana, que para algo eres el jefe.

II

La oficina de Durruti quedaba en la plazoleta del Castaño. El nombre le venía por el imponente árbol situado en su centro con exactitud pitagórica. Era un ejemplar centenario y le había supuesto más de un quebradero de cabeza al Ayuntamiento, empeñado en talarlo con afán cementero. Pero un juez que debía de pertenecer a Ecologistas en Acción en secreto había decidido que aquella joya era patrimonio de la ciudad, así que las raíces se quedaban en su sitio.

A Corominas, su intrincado sistema de ramas le recordaba la ilustración del aparato circulatorio humano de su libro de ciencias, con gruesas arterias de las que nacían venas que terminaban en rizados capilares.

—Por teléfono, ni *mu* —le había contestado el periodista, como si temiera que la mitad de los servicios secretos del mundo lo espiaran mientras la otra mitad se ponía al corriente escuchando a los primeros.

—¿Dónde entonces?

—En mi casa. No nos conviene que nos vean juntos en público. Ni a mí ni a ti.

Según ponía en la tarjeta que le había entregado la noche del crimen, su domicilio, que era también la sede de *OfidiaTruth.com*, estaba sito en el tercero. Como no indicaba letra, Corominas supuso que solo había un piso por planta. La estrechez de la finca se lo confirmó.

Antes de llamar al timbre, trató de recordar algo del hombre al que iba a ver, pero se dio cuenta de que apenas sabía nada de él. Habían coincidido en decenas de ocasiones, pero nunca intimado, ni siquiera compartido una caña. Durruti era muy suyo con las fronteras: un periodista es un periodista, y un madero, un madero. «Agua y aceite», solía repetir cual soniquete.

Lo único que sabía de él era lo que todos, la vida y milagros de su padre, caudillo de la Falange de Ofidia por la gracia de un dios cabrón y sanguinario. Hasta corría por los mentideros de la ciudad un evangelio apócrifo de sus hechos que ponía los pelos de punta.

Se decía que el hombre se había mandado construir un sarcófago faraónico en el mismo mausoleo aberrante que guardaba los cadáveres de dos de los más insignes perpetradores del Glorioso Alzamiento Nacional. El mismo que había dado cristiano alojamiento a su padre en el penal de San Lorenzo, incrustado en la cima de un monte a las afueras de la ciudad, primero, y en Madrid, después.

Según contaban, una procesión de cruzados visitaba el panteón cada medianoche del 18 de julio. Accedían a la cripta por un túnel secreto que partía de una parroquia cercana, embozados en sus capas y perifollos, y probablemente se masturbaban allí dentro todos juntos.

Durruti había dejado la puerta entreabierta, así que Corominas se coló en su intimidad sin más. La entrada quedaba justo a mitad de un pasillo. Más bien era un corredor infinito con las paredes forradas de libros apilados de zócalo a moldura.

A medida que avanzaba, constató que no parecía existir ningún método en su distribución, ni por títulos, ni por temas, ni por autores, ni siquiera por tamaños o colores. Pero estaba convencido de que semejante despliegue respondía a algún tipo de lógica, aunque fuera simplemente arquitectónica. Cada tomo parecía encajar en su sitio como una clave de bóveda. Por un momento, pensó en tirar de uno para comprobar si todo el entramado se venía abajo.

—Siéntate, inspector.

Durruti lo esperaba frente al ordenador con la pipa entre los dientes. No debía de recibir muchas visitas en su sanctasanctórum, porque no había ni rastro de otra silla por ninguna parte, solo en la que se disponía él, uno de esos engendros ergonómicos parecido a una silla de montar.

El despacho también estaba alicatado de libros, a los que se sumaban un montón de paquetes anudados con cordel, como si el hombre hubiera guardado todos los ejemplares en los que hubiera dejado su impronta a lo largo de la vida. Diarios, gacetillas, revistas, incluso algún que otro pasquín. Todo el piso era un incendio a la espera de llama. Menos mal que Durruti jamás encendía su pipa, o el simple calor del fósforo hubiera desatado la tragedia.

Corominas buscó dónde acomodarse. Lo único que localizó fue una pila de volúmenes de la Enciclopedia Universal Ilustrada de Espasa Calpe. Diez, distribuidos en dos montones de cinco.

—Es lo que hay —se encogió de hombros el periodista.

Así que el inspector dejó caer sus reales posaderas sobre los volúmenes 44, que englobaba de «Pet» a «Pirz», y 45, que escondía los misterios de «Pis» a «Poln». En cuanto se hubo acomodado sobre aquel montón de cultura, Durruti fue al grano:

—¿Qué te trae por aquí?

Corominas se dio cuenta de que ni siquiera había pensado en cómo iba a abordar el asunto.

—Necesito información —soltó llanamente. Durruti era gallina vieja para andarse con tabarras.

—¿Y qué saco yo?

—¿Colaborar desinteresadamente en una investigación criminal?

—Y luego me canonizaréis, ¿no?

Corominas esbozó media sonrisa.

—Diría que los dos estamos más cerca del infierno que de cualquier otra parte. Tú por rojo y anticlerical y yo por madero.

—¿Qué pasa, que no hay maderos comunistas y anticuras?

—Pues los habrá, pero esos no van al cielo.

Durruti le aguantó la mirada como si quisiera averiguarle los secretos. Tenía esa forma de mirar, centrada y fija, como si sus ojos fueran una broca.

—¿Falcón?

El inspector movió la cabeza en sentido afirmativo.

—Sabes que quiero tu alma a cambio, ¿verdad?

—¿Me harás firmar con sangre?

—La palabra de un hombre no vale nada en los tiempos que corren —apostilló el periodista.

—Pues tendrás que contentarte con la mía —replicó Corominas.

Esta vez fue Durruti quien inclinó la cabeza.

—Quiero la exclusiva de la detención. Ese es el contrato. Lo tomas o lo dejas.

—Tienes mi palabra —se reafirmó Corominas—, que vale más que mi sangre.

Una vez selladas las formalidades, Durruti le hizo un gesto.

—Pues tú dirás.

—¿Qué se cocinaba Falcón en el barrio?

—Creía que eso ya lo sabías —respondió, sorprendido—. Los *picolos* lo investigaron hará dos años.

Al constatar el pasmo de su interlocutor, añadió:

—Ya veo que no tenías ni idea.

—Azul y verde no conjuntan, es una de las normas básicas del *prêt-à-porter*. Creía que tú sí que te sabías eso.

Por un momento, ambos se escrutaron como dos gallos a punto de arrancarse la cresta.

—¿Por qué? —trató de acotar Corominas.

—Sospechaban que se había montado el tinglado.

—¿De qué tipo? Porque tinglados hay muchos.

—Extorsión y vete tú a saber qué más. Drogas, quizás.

Corominas arrugó la nariz.

—¿Y qué dice tu morro de sabueso trufero?

—Que tenían razón.

Su lista de posibles sospechosos acababa de elevarse casi hasta el infinito, pero lo de Pedro Mendes empezó a colocarse en su sitio en cierto modo.

—¿Alguna prueba?

—Eso tendrás que hablarlo con ellos.

Corominas recordó el vía crucis de Agüero por conseguir la simple identificación de un arma y el riego se le cortó de cuajo. Repasó si conocía a alguien de la benemérita que pudiera informarlo extraoficialmente, pero los pocos amigos que tenía en el cuerpo eran de la quinta de Vázquez y ya estaban jubilados.

—¿Qué me puedes contar de un tal Mauricio Jiménez?

—Que das palos de ciego, inspector. A ver si resulta que no eres tan listo.

Corominas extendió los brazos con las palmas y los ojos hacia el techo.

—*Veni Sancte Spiritus.*

—No me vengas con latinajos —soltó el periodista—. Y menos con tufo a iglesia, que a mi edad no estoy para monsergas. Jiménez no es más que un chulo de barrio con ínfulas. Algunos se creen que por comprarse un *carro* de narco se es alguien, pero el chaval no pasaba de vendedor de El Corte Inglés. Apúntate este otro nombre: Miguel Lacunza.

El inspector aguardó a la espera de mayores explicaciones, pero Durruti parecía absorto en otra cosa.

—Déjame que te diga algo, inspector: este país está podrido hasta el tuétano. La impunidad se ha convertido en un cáncer crónico; no queda ni un solo justo en Sodoma, ni en Ofidia, ni en ningún lado.

Corominas permaneció en silencio. No iba a darle el gusto de confirmarle que pensaba exactamente lo mismo.

—Somos un país de pandereta. De anarquismo y barricada de salón —continuó el hombre—. Un Gamonal aislado, y luego nada. No tienes más que echar un vistazo a tu alrededor: los de siempre siguen donde siempre. Lo nuestro ya no es falta de memoria... Es un alzhéimer de cojones.

—¿Y qué tiene eso que ver con lo que a mí me interesa?

—¡Todo! —remachó el periodista.

—¿Insinúas que lo taparon?

—Sabes que no me gusta insinuar.

A Corominas le entró el vértigo. Estaba frente a un precipicio sin fondo, las puntas de los zapatos asomadas a la espera del empujón. Si lo que *no* insinuaba Durruti era cierto, la cosa parecía salpicar a los mismísimos dioses del Olimpo. Por su mente cruzó una duda puñetera: ¿estaba Pedregosa al tanto?

—No me jodas. ¿Sabes o *sabes*?

—Eso es cosa tuya —se limitó a apuntar su interlocutor—. Lo que sí que me sé es otra historia.

Corominas no estaba seguro de querer oírla, pero eso al periodista no le importaba lo más mínimo, así que se arrancó.

—Durante muchos años, la Liver Chemical fue un caño de maná. Sebastián Falcón, el padre de tu fiambre, era el presidente del comité de empresa, uno de esos santos laicos a los que la curia jamás canonizará. Cuando la cosa empezó a ponerse fea, y te estoy hablando de hace casi dos lustros, el hombre trató de hacer ver a todo el mundo que primero venía la congelación salarial, después tocaría la bajada de pantalones y al final habría que poner hasta el ojete, así que el capital amenazó con cerrar el chiringuito y largarse. Y se lo quitaron de en medio.

—¿Quién? ¿La empresa?

—Nos han metido el miedo en el cuerpo, inspector. Miedo a perder lo que se han encargado de que acumulemos durante años: coche, hipoteca, plasma y vacaciones. No hay revolución si hay miedo. Todo el mundo tiende a proteger su estatus, aunque sea miserable.

—¿Qué pasó?

—Un accidente laboral y listo. Le dieron la incapacidad.

—¿Y la fábrica?

—Trasladó la producción a Bulgaria al año. Si la cosa me incumbiera, tiraría por ahí.

—Me estás diciendo que el accidente del padre del subinspector no fue tal —afirmó Corominas.

El periodista contrajo los hombros, el rostro y el ánimo.

—Las historias son solo eso. Pero como sé que te gustan los latinajos, ahí va uno: *cui prodest scelus, is fecit.*

Durruti tenía su forma de decir las cosas y no iba a cambiar a estas alturas. Trató de conjugar lo que le había contado el periodista, pero era incapaz de pensar más allá de la investigación abierta por la Guardia Civil. Si la cosa se había parado, una de dos: o no habían encontrado pruebas, o alguien la había frenado en seco. ¿Qué tenía que ver en la ecuación un sindicalista lisiado? ¿Y quién coño era el tal Lacunza?

Miró su reloj. Era tarde y tenía demasiado en lo que pensar. Durruti le había cargado con una vieja historia y no sabía qué hacer con ella. Recordó entonces las palabras de Vázquez: «Si vas perdido, inspector, primero, lo primero; y después, pues lo segundo». En aquel momento, el consejo del exsubinspector le tocó los cojones. Pero no por ello dejaba de ser un buen consejo.

Nada más salir, el frío le soltó un guantazo. Las ramas del castaño estaban cubiertas de llanto helado. Justo en ese instante, un chucho se acercó al tronco, echó las orejas hacia atrás, levantó una extremidad y se alivió. Mientras pasaba a su lado, Corominas pensó si no se trataba del propio alcalde transmutado, a ver si el chorro ácido surtía efecto y podía levantar su plaza de una vez.

La primera sorpresa que se llevó al llegar a casa fue comprobar que Laura no había llegado aún. La segunda, percibir el cuchicheo que provenía de la habitación de su hijo.

Se descalzó y se puso las zapatillas. Una norma impuesta desde hacía mucho tiempo, para lo que habían convertido el recibidor en un pequeño *genkan*, el rincón donde los japoneses dejan sus zapatos exteriores y se ponen las zapatillas —más para no contaminar el hogar que para evitar manchar los suelos; una frontera psicológica—. Corominas había aprendido que los ideogramas con los que se escribía la palabra significaban «entrada al conocimiento profundo». Muy adecuado, puesto que el hogar es donde uno aprende las cosas más importantes en esta vida.

Se acercó hasta la habitación y carraspeó como un tenor heroico antes de afrontar el *Tristán*. Fuera cual fuese la actividad que se llevaba a cabo en el interior, cesó de inmediato. Aunque Corominas ya tenía sus sospechas. Por si el calentamiento de cuerdas no había sido suficiente, golpeó la puerta con los nudillos antes de entrar.

Al asomarse, descubrió a Álvaro sentado frente al ordenador junto a una chica. Su cara estaba aún del color del tungsteno encendido. El rostro de ella, en cambio, presentaba una palidez casi cadavérica; toda la sangre se le había caído a los pies por el susto.

—¿Estudiando?

—Sí.

—Eres un testigo pésimo —apuntó Corominas, de lo más

serio. A continuación, dirigió su atención hacia la chica y le dedicó una sonrisa—. Hola, soy Herodoto, el padre de Álvaro.

—Esta es Eva... —balbuceó su hijo.

—Supongo que Eva sabe hablar, ¿no? Mal vamos si ya empiezas a hacerlo por ella.

El rubor llenó repentinamente de sangre el rostro de la chica. Su pelo era negro, ondulado y largo, y tenía una nariz pequeña y respingona que debía de ser la envidia de sus compañeras de clase. Corominas se acordó de *Astérix y Cleopatra*, cuando los dos héroes galos se pasan todo el relato embelesados con la nariz de la reina. Era como aquella. «Mi hijo se ha buscado una novia muy guapa», pensó. Porque, sin duda, eso era lo que estaba en marcha allí dentro.

Eva se levantó y le tendió la mano. Pequeña, pero de apretón decidido:

—Mucho gusto.

Era la primera novia que le conocía. Recordó entonces el día en el que vivió su primer beso. Aún tenía en su dedo corazón la marca de la espina de una rosa robada de una tapia. Ese había sido el precio.

—¿Sabes dónde está tu madre?

Álvaro titubeó:

—Me ha dicho que había quedado.

—¿Y sabes con quién?

Corominas lo sabía de sobra, pero quería hacerle sufrir un poco.

Su hijo lo miró con esa expresión indefensa que tienen los perros a casi todas horas. No le gustaba estar en medio de los líos de sus padres: se suponía que ya eran adultos.

—Si ya lo sabes, ¿por qué preguntas? —soltó a la contra.

El inspector decidió dar el tema por zanjado y ponerse a hacer la cena, no sin antes preguntar a Eva si le apetecía compartirla con ellos.

—No puedo. Muchas gracias. —Era una chica lista y no quería ser un daño colateral en la batalla que parecía cocerse en aquella casa.

Corominas dejó la americana en un respaldo camino de la cocina. Normalmente era Laura quien se encargaba de guisar, no porque él no se manejara bien entre fogones, sino porque sus horarios le impedían disfrutar de aquel placer relajante.

Recordó que habían comprado un tarro de *boletus edulis* troceados el fin de semana, así que decidió hacer un *risotto*. Puso a calentar el caldo, cortó la cebolla y la echó en el puchero para que comenzara a dorarse en aceite con un chorrito de agua. Mientras la cosa rehogaba, buscó en el armario un paquete de *carnaroli*, sacó la cuña de parmesano, sirvió dos copas de vino blanco —una para él, la otra para el arroz— y se puso a preparar los hongos.

Nada más abrir el recipiente, el olor le masajeó las fosas nasales y una imagen acudió a su mente con inmediatez *proustiana*. Los habían comprado en la tienda del barrio, la de la mujer cuyo desalojo Laura había luchado por evitar. Elena —se felicitó por recordar su nombre— los traía especialmente para ellos. Y aunque solo fuera por ver a su proveedora en peligro, Corominas sintió una oleada de indignación.

Cortó un trozo de mantequilla y lo incorporó. Algunos la echaban justo al final, con el parmesano recién rayado, pero a él le gustaba que fundiera al principio, justo en el instante previo a echar el arroz en crudo para perlarlo. En cuanto el grano hubo absorbido parte del aceite, echó la copa de vino blanco y el primer cucharón de caldo.

Lo que tocaba ahora era ejecutar un trabajo de alta precisión. Removió despacio con la cuchara de madera —el *risotto*, siempre con madera, como la paella, con boj— para que comenzara a soltar el almidón e incorporó la segunda cucharada. El proceso le llevaría un buen rato, durante el cual no pensaría en nada. Una bendición.

Cuando Laura asomó la nariz seguida del morro unos veinte minutos después, la cena estaba prácticamente lista. Corominas ralló el queso:

—Te toca poner la mesa.

Laura esperaba el interrogatorio y la bronca, pero no llegó. Ambos sabían dónde había estado:

—«Grecia, conquistada, capturó a su fiero vencedor y llevó las artes al agreste Lacio» —pronunció Corominas en su lugar. E, inmediatamente, añadió—: Te quiero.

III

Los mismos cinco hombres que habían asistido a la primera reunión se arrellanaban de nuevo en sus sillas: Miguel Lacunza, Avelino, Pedro Mendes y la pareja formada por Jesús Chacón y Fernando Cercas.

Chacón, dueño de la única ferretería en pie en el barrio, se había dejado crecer la barba hasta el descontrol para ocultar su vitíligo, tanto que parecía más un talibán afgano que un cristiano patrio. Todo lo que tenía de alto, lo tenía de impulsivo, y sus ojos, inquietos como los de un gato, no paraban nunca. Cercas, por su parte, rivalizaba con el dueño del bar en esfericidades, pero era mucho más bajo, lo que le confería una rotunda solidez. Parecían la alineación del Ofidia Club de Fútbol a punto para la foto. Viejas glorias.

Las noticias que llegaban del hospital no eran nada buenas. El señor Manel no remontaba.

—¿Qué te han dicho? —se interesó Avelino.

—No creen que pase de esta noche —suspiró Lacunza—. Tampoco es que haga esfuerzos, el hombre. Para qué.

El viejo era como un padre para todos, especialmente para él, que había heredado el cargo de presidente de la

Asociación de Comerciantes directamente de sus manos. Lacunza era el hijo que nunca había tenido, y el señor Manel, el único padre que el librero había conocido. Porque el suyo había puesto pies en polvorosa cuando él aún era un simple disco embrionario fijado en una ecografía, justo tras confirmarse el embarazo en la instantánea.

La extrema gravedad del señor Manel, sin embargo, no era lo que más les preocupaba. El paso de Pedro Mendes por comisaría los había dejado con la mosca tras la oreja. Nadie daba un euro por que el dueño de los recreativos hubiera aguantado con la boca cerrada. «Habrá cantado antes incluso de entrar por la puerta —apostaban—, y la poli echará abajo la persiana en cualquier momento.» «Igual hasta lleva un micro y todo», pensó alguno.

—¿Qué les has dicho? —le espetó Chacón, que ni siquiera le dio el beneficio de la duda.

—Nada.

—Ábrete la camisa —interrumpió Avelino, que quería asegurarse de que la cosa quedaba solo entre ellos antes de seguir.

—¿Estás de coña?

—O tú o yo.

—¿Nada? Y un cojón, que aquí nos conocemos todos —siguió Chacón mientras el otro comenzaba su particular *striptease*.

—Preguntaron por la pistola —los informó Mendes, ya con la camisa abierta, dos tetas caídas al aire y el costurón en la tripa que le había arrebatado la vesícula hacía unos años.

—¿A quién coño se le ocurre darle esa arma? —intervino de repente Cercas, que tampoco sabía estarse callado.

—Haber conseguido una —replicó Mendes, comenzando a cerrarse la camisa para recobrar algo de dignidad—. Además, se supone que no se iba a quedar allí tirada, ¿no?

—¿Y qué más querían? —señaló Lacunza.

—Saber si conocía a Falcón.

—¿Y?

—Pues nada, les dije que sí, pero que no éramos íntimos —declaró el dueño de los recreativos mientras trataba de pasar el último botón por su ojal.

—Intentan establecer un vínculo —razonó el librero—. ¿Y de la pistola?

—No tenía sentido mentir, así que les dije que me la debían de haber robado del almacén. Me hicieron rellenar una denuncia.

—¿Es todo?

Mendes rumió mientras se acomodaba finalmente en la silla.

—También querían saber si se follaba a alguien de por aquí.

Los presentes intercambiaron miradas de asombro. Aquella pregunta solo tenía sentido para uno de ellos.

—¿A qué viene eso? —lanzó Chacón, mosca por el giro inesperado que había tomado la conversación.

Mendes encogía los hombros, cuando la chapa de la persiana interrumpió su futura declaración. Por un instante, algunos esperaron ver a los Hombres de Harrelson entrar y arramblar con todo.

Javier llegó embozado en un anorak pirenaico y un gorro de lana calado hasta las cejas por montera. Parecía un muñeco de Michelin con tiritona.

—Dijimos que nada de vernos hasta dentro de una semana. —Chacón se abalanzó sobre él con ganas de saltarle los dientes—. Vas a joderlo todo, puto gilipollas.

—Solo quería asegurarme de que vais a cumplir. Yo ya he hecho mi parte —replicó el chaval sin arredrarse.

Era la segunda vez que se reunía con aquella fauna hambrienta; la única diferencia con respecto a la primera era que había pasado de niño a adulto de un plumazo. El temor que lo acongojaba ahora era que todo hubiera sido en vano.

—Hicimos un trato y cumpliremos —intentó reconducir la situación Lacunza.

—Ya sabéis lo que quiero.

Javier dirigió su mirada hacia Mendes. El hombre sacó del bolsillo el tríptico que le había entregado y se lo pasó al librero.

—No hablamos de esto —respondió mientras Avelino, Cercas y Chacón se abalanzaban sobre el papel.

—Vaya, nos libramos de un cabrón y nos cae otro encima —ironizó Cercas.

—Vosotros veréis. Yo quiero lo mío.

—Ten cuidado, niño... —masticó Chacón con la cara carmesí.

—Calmaos todos —zanjó Lacunza, que no quería que la cosa se calentara de más—. Un trato es un trato. Pero no debemos llamar la atención, y sería un poco sospechoso que hayáis sacado dinero para ingresarlo en un sitio como este de la noche a la mañana, ¿no crees? Todo el mundo sabe cómo estáis.

Javier lo miró sin saber qué responder: la lógica del librero era aplastante.

—Nosotros tenemos mucho que perder, pero te recuerdo que tú también —siguió el hombre, la voz fría como el tiempo—. Entiendo que quieras lo mejor para tu padre, pero tienes que ser razonable.

Javier había apostado fuerte, pero su jugada empezaba a venirse abajo. Estaba tan atrapado como ellos; la principal diferencia radicaba en que las manos manchadas con la sangre de Antonio Falcón eran las suyas, así que, si la cosa se torcía, el pato lo pagaría él.

Miguel Lacunza podía escuchar la batalla en marcha en su interior. Ni Javier ni el resto sabían que se había guardado un as en la manga por si las cosas venían de canto: uno no deja su destino en manos de un chaval de catorce años así como así.

Avelino desbarató el silencio:

—¿Qué cojones pasó?

—La próxima vez que quieras liquidar a alguien, lo haces tú —respondió Javier—. A ver cómo te apañas, gordo. O vosotros —añadió mirándolos uno a uno—. Tenéis una semana.

—¿O qué? —soltó Chacón.

Javier se dio cuenta de que no tenía respuesta. Necesitaba darle vueltas. Lo único que había sacado en claro era que nadie estaba de su parte.

Al salir, vagó por las calles y la querencia lo llevó frente al portal en el que había rajado la vida de un hombre. Al observar su silueta estampada en el cristal, el corazón se le volvió loco.

Nada había salido como tenía que salir. Mientras esperaba a que Falcón asomara la cabeza, el miedo le daba puñetazos en el pecho y sentía suelto el bajo vientre. Sabía que el municipal aparcaba siempre en el mismo sitio; el hombre tenía sus rutinas y caprichos. «Solo tienes que aguantar hasta que empiece a abrir el coche, te acercas por detrás, le disparas y luego le pegas otro tiro en el suelo. Que parezca un ajuste de cuentas o que lo han liquidado los de la ETA», lo había aleccionado Chacón. Pero la realidad siempre tiene su propio plan dramático.

IV

Pedro Mendes y su pistola, Falcón y su presunto tinglado financiero, una investigación de la UCO cerrada —aún no sabía si en falso o no—, y, para embrollar más la madeja, la historia de un padre sindicalista al que alguien había empujado a una baja laboral definitiva. Corominas trató de engullirlo todo junto al cuerno de un cruasán y un sorbo de zumo de naranja demasiado ácido.

A decir verdad, lo que lo inquietaba realmente no tenía que ver con nada de lo anterior, sino con algo mucho más prosaico. Se había despertado de madrugada con unas intensas ganas de mear, pero mientras trataba de convencer al maldito chorro de que saliera, comprobó que su vejiga se había cerrado en banda. Tras muchos esfuerzos, logró expulsar tres gotas contadas. La escena se había repetido dos horas después con los mismos actores, el mismo escenario, la misma trama e idéntico desenlace.

En el transcurso del bis, con el pijama y los calzoncillos a media pierna, Corominas se enfrentó a la dura realidad: su próstata se había sublevado. Antes de regresar a la cama, se miró en el espejo y sintió cómo le caían encima diez años de golpe sin ningún tipo de preliminares.

La montaña viene a Mahoma, pensó al ver la sombra del comisario acercarse por el pasillo. Empezaba a cogerle aprecio a aquella lámina de cristal esmerilado: tenía su utilidad.

—¿Novedades?

Contreras estaba al tanto del interrogatorio a Pedro Mendes, por supuesto: su casa era su casa.

—El dueño de la pistola dijo no saber nada. Formalizó una denuncia por robo y hubo que soltarlo —lo informó Corominas.

—Pero...

—Pero algo me dice que sabe más de lo que cuenta.

Se guardó lo hablado con Durruti. También lo de Mauricio Jiménez. Si le das carnaza a un tiburón, la morderá sin importarle si es lomo de foca o muslo de surfista. Sabía que el sanedrín que regía los destinos de Ofidia quería una investigación rápida y un culpable adecuado, y Jiménez encajaba a la perfección en la horma.

—No tengo que recordarte lo importante que es este caso, Herodoto... —Contreras solo empleaba su nombre de pila completo cuando la cosa era seria, como su mujer, su padre o su madre cuando aún vivía—. Los ojos de todo dios, y no me refiero a los de un ente abstracto, católico, apostólico y romano, están fijos en mi culo. Y no me gusta que me miren el culo. Mi mujer dice que lo tengo feo, plano y peludo, y no le falta razón. Ya ves, soy muy mío. Si tienes que poner ese maldito barrio patas arriba, pues lo arrasas y se acabó, ¿queda claro?

Corominas sabía perfectamente a qué se refería: «Que los de la prensa vean que hacemos algo». «La verdad se robustece con la investigación y la dilación; la falsedad, con el apresuramiento y la incertidumbre», recordó a Tácito.

—Como el agua.

Decidido a aprovechar la buena disposición de su superior, trató de sacar tajada.

—Me gustaría intervenir su teléfono. Quizás pesquemos algo.

El público está acostumbrado a la elipsis narrativa de la tele, pero Corominas sabía que un pinchazo acarreaba su proceso, tan largo a veces que los delincuentes tenían tiempo de pasar por el cirujano y el tinte, hacer las maletas, cancelar sus cuentas, despedirse de sus madres, padres, hermanos y primos y echar un último polvo antes de volar a un país sin extradición; caribeño, por supuesto, que al españolito no le va el frío. Eso si no te tocaba un juez que se la cogía con papel de fumar: entonces el reo podía dar hasta un par de vueltas al mundo, llegado el caso.

—Veré lo que puedo hacer.

Agüero entró en el despacho justo en el instante en el que

el jefe salía camino de alguna reunión seguida de aperitivo, comida y timba. No necesitaba preguntar sobre la naturaleza de la conversación que Corominas y él acababan de mantener.

—El expediente de Falcón se cerró por falta de pruebas —se limitó a informar.

—¿Has hablado con la UCO?

—Ya sabes que si empezamos a revolver la mierda, los que acabaremos hasta el cuello seremos tú y yo, ¿no?

—Una verdad que tanto Tácito como Cicerón habrían suscrito —compartió Corominas—. Así que tendremos que ser discretos —añadió con la convicción de que era imposible—. ¿Puedo preguntar cómo lo has conseguido?

—Uno también tiene sus contactos.

«Conociéndolo —pensó—, el confidente llevaba tanga.»

—Lo que me lleva a señalar que me debes el importe de una cena. De las de entrante pijo, segundo invisible, pero carísimo, y vino de postín. Dos botellas. Pedí aquel que me recomendaste, por cierto. ¿Cómo era?

—Terra d'Hom.

—Al menos te ahorré el postre.

—¿También me vas a minutar el polvo? —soltó al recordar los cerca de treinta euros que costaba cada botella.

Agüero dibujó una sonrisa de anuncio de dentífrico:

—Eso corre de mi cuenta.

—¿Sacaste algo en claro?

—Alguien los llamó. Al parecer, una vez hecha la limpieza, el tío se hizo cargo de todo y añadió el cobro por protección a sus quehaceres diarios.

—Un copago en toda regla —ironizó Corominas.

—Si lo hace el Gobierno, ¿por qué no nosotros? —apostilló Agüero—. ¿Y tú?

—¿Yo qué?

—Que te toca.

—Al igual que tú, tengo mis fuentes, pero no me cuestan ni la mitad. Solo he tenido que vender mi alma.

A continuación, le contó su charla con Durruti. Eso sí, sin revelarle la identidad del periodista. Con que uno de los dos tuviera tratos con el diablo era más que suficiente.

—¿Qué tiene que ver lo del padre de Falcón?

—Según él, algo. Mucho o poco, eso ya no lo sé.

—Al menos, lo de la investigación es cierto —reconoció Agüero.

—Echa un vistazo a los atestados, a ver si hay algo —convino Corominas—. Yo me acercaré a charlar con Mauricio Jiménez.

—¿El tal Lacunza es del barrio?

—Eso parece.

Como no había traído coche y no le apetecía conducir, solicitó a un policía en prácticas que lo llevara, un tal Martín. El chaval tenía cara de despierto, pero aún se le notaban los nervios. Al verlo aparecer con un K, le hizo dar la vuelta e ir a por uno rotulado. Quería que todo el mundo supiera que la policía había ido a interrogar a Mauricio Jiménez.

Pedregosa y Mendes parecían convencidos de su culpabilidad, y Corominas intuía que no eran los únicos, así que les daría lo que querían. En cuanto la noticia corriera, quizás el verdadero autor se relajara pensando que las cosas seguían su curso, para lo que era necesaria una correcta puesta en escena.

El tráfico parecía haberse acostumbrado por fin a la situación y el concierto de cláxones de días anteriores había sido sustituido por un profundo sentimiento de resignación. Martín, que era de Velilla del Río Carrión, un pequeño pueblo de montaña palentino, resultó ser un avezado conductor.

—El examen lo hice en Guardo —explicó—. Caía una nevada de órdago. Es cuestión de no ponerse nervioso, de suavidad y de motor, siempre marcha larga, a mil quinientas o dos mil revoluciones.

Corominas le concedió una sonrisa, lo que pareció dar pie a la confidencia del chaval.

—¿Puedo hacerle una pregunta personal, inspector?

—Prueba.

—Usted está casado, ¿verdad?

—Arrejuntado.

—¿Cuánto llevan?

—Diecisiete años.

—¿Y cómo lo hacen?

Pensó en tirar de tópico, pero, si el chaval preguntaba, era por algo, así que decidió atajar la charla antes de que se le subiera del todo a las barbas. No tenía el ánimo para socializar.

—¿Es Martín?

—Andrés.

—Muy bien: ¿cuánto lleváis de novios?

Martín elevó los ojos hasta el retrovisor.

—Es usted bueno... Dos años. Yo le digo que es pronto, que espere a que termine las prácticas y eso, pero no quiere ni oír hablar del tema.

—Cuanto antes empiece uno su vida, mejor —se limitó a contestar Corominas, consciente de que aquello podía significarlo todo y nada a la vez.

El taller de Mauricio Jiménez quedaba al final de la calle que partía el barrio en dos como una raya del pelo. Más allá se abría un campo en el que un caballo con calcetines de barro espantaba moscas con la cola mientras dos perros no dejaban de incordiarlo. El erial estaba lleno de escombros que los vecinos habían ido depositando con el tiempo, cada uno con su correspondiente capirote de nieve.

Corominas indicó a Martín que lo esperara en el coche. Uno nunca sabe quién se dedica al noble arte de la filtración en sus ratos libres, aunque el chaval aún le parecía virgen en esos menesteres.

Con la mano en el tirador de la entrada, se fijó en una cuartilla adherida a la puerta con celo, una foto de carné en blanco y negro de un tipo mayor, un tal Manel Urrutia Fernández. Era una esquela. El nombre le quiso sonar, pero no supo de dónde. El texto que seguía era escueto: información sobre la hora del funeral en la parroquia del barrio y poco más. Firmaba la llamada Asociación de Comerciantes de San Marcial. Echó un vistazo alrededor y descubrió que todos los portales contiguos lucían su correspondiente fotocopia. Un vecino había muerto, y, a diferencia de Falcón, a este lo lloraban.

Jiménez estaba enfrascado en el escape de una moto cuando sonó el timbre. «Aquí están», pensó al ver a Corominas. Se limpió la grasa de las manos con un trapo y fue a su encuentro. Era un tipo menudo, con cierto aire a *click* de Famobil: cabeza redonda del tamaño de una moneda de euro, pelo cortado a lo tazón, cuello breve, hombros con pendiente de tobogán y unos brazos tan largos como las piernas. Su rostro permanecía atrapado en una juventud de facciones suaves y atractivas, también de acné. No parecía el típico tío duro, sino más bien un adolescente cabreado.

Corominas metió la mano en la chaqueta para sacar su identificación.

—No hace falta. Le esperaba.

—Pues hechas las presentaciones, ya sabes qué viene.

El dueño del taller asintió con la mirada y se arrancó:

—La noche del asesinato estaba con unos amigos en un bar. Me he tomado la libertad de apuntarle sus nombres y móviles y la dirección del local. Era noche de Champions.

Corominas cogió el papel que le tendía y se lo guardó sin prestarle atención. Algo le decía que la coartada era buena. Y cierta.

—Pues charlemos de otras cosas —se limitó a añadir.

Fue casi un brindis al aire.

—Mire, inspector —exhaló Mauri—: a estas alturas ya saben que fue ese hijo de la gran puta, dicho con todos los respetos hacia el difunto, que son ninguno, quien me trincó. No le mentiré, en mi carta a los Reyes Magos les pedía que lo mandaran al otro barrio, y, mire por dónde, me he vuelto monárquico. ¿Ve todo esto? —dijo abarcando con los brazos su pequeño taller—. No es mucho, pero me lo he sudado. Vivimos en un mundo que no acepta las segundas oportunidades, lo sé mejor que nadie, pero a veces uno liga una buena mano, ya ve. Lo que el universo te quita por un lado, te lo da por otro.

—Y Falcón quería su parte —soltó Corominas como un *jap* recto a la nariz.

—¿Sabe cuál es el deporte favorito de este país? —soltó Jiménez—. *Porcular*. Y le aseguro que Antonio Falcón era un puto maestro.

Corominas sopesó la posibilidad de que hubiera sido el dueño del taller quien hubiera dado parte a la UCO, pero descartó la idea de inmediato. Los chivatos lo son porque no tienen el valor de verse en el talego; creen que no lo aguantarán, y tienen razón.

—¿Cuándo empezó la cosa?

—Primero se encargó de limpiar el barrio, y todo el mundo le lamió el culo. Hasta que descubrieron lo que le pasaba realmente por la cabeza.

—Llenarse los bolsillos —completó Corominas.

—Usted lo ha dicho.

—¿Qué más puedes contarme?

—¿De qué?

—De lo que sea.

—Bastante tengo con lo mío. Búsquese otra puta, inspector, que esta ya está muy toreada.

Corominas contrajo las comisuras.

—No quiero joderte, chaval. De verdad. Pero la cosa va así: se han cargado a un policía y mis jefes están de muy mala hostia, de modo que, lo mires como lo mires, tienes las de perder. Más de uno quiere tu cabeza en una bandeja, así que, lo creas o no, soy el único colega que te queda.

Ambos se sostuvieron la mirada, hasta que Corominas vio cómo Jiménez claudicaba.

—Supongo que el resto de comerciantes del barrio tampoco lo tenía en gran estima —aventuró.

Aunque el hombre que tenía enfrente no hubiera sido el autor de la denuncia, quizás supiera quién había dado parte, lo que le ahorraría alguna que otra diligencia.

—Cuesta mucho levantar una vida como para que vengan y te la sangren, ¿sabe? Las cosas ya están bastante jodidas por sí solas —señaló el mecánico. Los humos se le habían caído hasta los tobillos—. No tiene más que echar un vistazo. Este barrio estaba casi muerto cuando llegó Falcón: él se limitó a rematarlo.

—Buen motivo para quitárselo de encima.

Mauricio Jiménez permaneció en silencio. Era un sí, pero no saldría de su boca.

—Miguel Lacunza, ¿lo conoces?

—Es el presidente de la Asociación de Comerciantes. Tiene una librería.

—¿Y a Pedro Mendes?

—Aquí nos conocemos todos.

—¿También pagaban religiosamente?

—Todos.

—Fuenteovejuna —pensó Corominas en voz alta—. Muy patrio.

—No tengo nada que ver en la muerte de Antonio Falcón, inspector. Se lo juro. Lo demás no es cosa mía.

Si Mauricio Jiménez estaba al tanto de algo más, de todo

o de parte, se lo iba a llevar al nicho. Corominas echó un vistazo. Al fondo, un chaval no le quitaba ojo de encima mientras giraba una llave de carraca. Sus miradas se cruzaron por un instante. No tendría más de quince. Trabajaba en el vientre de una moto con la precisión de un cirujano gástrico. Tenía un aire a Álvaro, pensó, pero sus oportunidades habían sido bien distintas.

—Una pregunta más: ¿sabes si Falcón tenía alguna novia o se veía con alguien del barrio?

Mauri contrajo la expresión.

—Dudo que nadie pudiera querer a ese cabrón, ni él a nadie salvo a sí mismo. Era de coños fáciles, ya me entiende.

Martín lo esperaba con la calefacción a tope y la radio a medio volumen; una sintonía de música de los ochenta sonando: «Sultans of Swing», de los Dire Straits.

—¿Ha conseguido lo que quería, inspector? —preguntó mientras giraba la llave en el contacto.

—Uno nunca consigue todo lo que quiere en esta vida.

Los ojos del chaval lo escrutaron a través del espejo interior.

—Mi madre dice que el secreto es aprender a contentarse con poco.

—Una mujer sabia.

El calor que salía por la rejilla del salpicadero lo amodorró al instante. Era incapaz de conciliar el sueño en nada que se moviera, pero su próstata le había hecho pasar una mala noche, así que su cuerpo, simplemente, claudicó. Cuando quiso darse cuenta, Martín carraspeaba con el coche parado frente a la comisaría y a él le bajaba un río de saliva por la mejilla.

Agüero se había instalado de nuevo en su despacho, lo que comenzaba a convertirse en una rutina. El motivo era de índole práctica: con la renovación, a los miembros de la escala superior les habían modernizado desde los tiradores de las puertas hasta los ordenadores, cosa que no había sucedido con el resto de sufridos funcionarios, por lo que cada vez que debía investigar algo se trasladaba a su despacho y usaba el suyo.

—¿Y bien?

—He echado un vistazo a los atestados del accidente y no parece que haya nada raro. Según el perito, el padre de Falcón sufrió quemaduras químicas graves con afectación ocular y de las mucosas y quedó para el arrastre; un vegetal, vamos. En cuanto al tal Lacunza, más limpio que una patena.

—¿Alguna conexión entre ellos?

—¿A qué te refieres?

—A que tiene que haber alguna conexión.

Trataba de adivinar por qué Durruti le había contado aquella historia. Estaba convencido de que el periodista tenía sus razones, aunque no supiera verlas.

—Está claro que tenían que conocerse —corroboró Agüero—. Pero más allá de eso...

—Vale: año 2000, los dueños de la fábrica anuncian una congelación salarial y Falcón padre los amenaza con la huelga, así que plantan un ultimátum: o tragan o se van con la música a otra parte. Justo entonces, el hombre tiene el accidente que lo jubila —argumentó Corominas—. ¿A qué te suena?

—A que la empresa se libró de él.

—¿Y si no fueron ellos? No directamente, me refiero.

—¿Quién si no?

—Otra gente que también tenía mucho que perder.

—Entonces, todo dios —razonó Agüero—: familias, tiendas, subcontratas, proveedores... Eso son un montón de daños colaterales.

—Sospecho que, de algún modo, el barrio se lo quitó de encima —asintió Corominas—. Aunque la alegría les duró poco.

V

Pedregosa los esperaba frente al Biscuter con una bufanda de punto enroscada al cuello. Al observarlo de lejos, era imposible saber si el humo que exhalaba era debido al frío o al tabaco; probablemente a ambos.

Habían convenido centrarse en el tema de la investigación de la UCO, pero antes de contarle nada, querían averiguar hasta qué punto conocía las actividades extracurriculares de su subordinado, y, por extensión, si participaba del más que probable encubrimiento por parte de sus jefes. Si se demostraba que la Jefatura de la Municipal estaba al tanto de los chanchullos de Falcón, la cosa se iba a poner fea para todos.

Se sentaron en una mesa apartada. Vázquez les sirvió unas cañas. Esta vez solo venían con cuatro dedos de espuma; el hombre se esforzaba en aprender.

—Tú dirás.

Corominas pensó que lo mejor era ir de frente:

—Alguien nos ha informado de que la Guardia Civil investigó a Falcón hará unos dos años. ¿Qué sabes del tema?

Aunque la fuente de Agüero le había confirmado la diligencia, no tenían ninguna constancia oficial, por lo que, de momento, la cosa no pasaba de bulo. Corominas pensó si, visto el pestañeo que había durado la investigación, se habría guardado informe alguno. Si alguien había ordenado acabar con las pesquisas, también habría hecho desaparecer el expediente. De ser así, no tenían nada y Antonio

Falcón era un héroe impoluto asesinado con la mayor de las vilezas. Se mire como se mire, lo segundo seguía siendo cierto.

Pedregosa permaneció en silencio, Corominas no supo si porque trataba de inventarse una excusa o la revelación lo había pillado por sorpresa.

—¿Estáis seguros?

El inspector decidió jugársela y asintió como si tuviera los papeles delante mismo de sus narices.

—Falcón no me caía bien, ya lo sabéis, pero no me creo que fuera un corrupto —meneó la cabeza Pedregosa.

Ambos lo observaron con atención. Buscaban el gesto, el tic, el espasmo delator. Quizás no tuviera ni idea.

—¿De qué lo acusaban?

—Extorsión. —Lo de las drogas no estaba confirmado, así que prefirió ni mentarlo.

—Estás de coña.

Corominas sintió cómo el municipal comenzaba a cerrarse en banda. Le acababan de comunicar que un subordinado directo se dedicaba al noble arte de las palizas y el cobro ilegal, que era casi como acusarlo de complicidad, connivencia o de que no se enteraba de nada de lo que se cocía justo bajo los orificios de su nariz. Ninguna opción era agradable.

—Todo esto me huele a basura —espetó—. Si es como dices, ¿por qué no lo trincaron?

Corominas prefirió no compartir sus suposiciones.

—Echáis mierda sobre un compañero con una cervecita de por medio y os quedáis tan a gusto —saltó el municipal—. Así no se hacen las cosas, coño. No señor.

Por un momento, Corominas se situó al otro lado de la mesa. En su lugar se sometería a cualquier tipo de ordalía por Agüero, aunque le aseguraran que la información provenía de un informe elaborado conjuntamente por la CIA, el MI6, el Mossad, el CNI y la antigua Stasi.

Pedregosa dejó escapar una carcajada que rebotó de pared a pared hasta alcanzar a Vázquez y a otro parroquiano que había decidido ahogar sus penas en el Biscuter.

—Por eso estoy aquí, ¿no? Pensabais que lo sabía. Que lo encubría y hasta vete tú a saber qué más —exclamó—. Sois unos hijos de la gran puta. Tú y tú. Gracias por la charla, compañeros —soltó con desdén mientras se ponía en pie y echaba un billete de cinco sobre la mesa—, pero que os den por el culo.

Corominas y Agüero permanecieron un buen rato en silencio. Ninguno de los dos se sentía bien. Lo que no sabían era que el municipal llevaba su propia carga por dentro. Hacía unas horas le había llegado el informe de la autopsia de Manel Urrutia; al hombre le habían reventado la cabeza de un culatazo en su colmado hacía unos días. Era el último caso abierto por Falcón.

Cuando llegó a casa, Laura aún estaba despierta. Leía en la cama. Últimamente le había dado por la novela negra, por si no tuviera suficiente con las andanzas del marido. Corominas la observó desde la puerta del dormitorio.

—He pensado que podrías escribir cuando te jubiles —dijo ella mientras dejaba el índice atrapado entre las páginas a modo de punto.

—¿Ya me quieres retirar?

—Echa cuentas.

—*Litterae non dant panem*, me temo. Además, me acusarían de aburrido y de poco creíble —opinó Corominas, que seguía clavado bajo el dintel—. O, lo que es peor: de previsible. La mayoría de crímenes lo son.

—¿Te vas a quedar ahí toda la noche?

—Podría.

—Allá tú. Pero mañana no te quejes de que no has dormido.

El inspector entró en el baño y comenzó a desnudarse.

—Hoy me han preguntado cómo aguantaba lo de llevar casado diecisiete años... —exclamó frente al espejo. Se buscaba los zarpazos del matrimonio.

—No estamos casados —lo corrigió su mujer—. Somos Estados Libres Asociados.

Ninguno de los dos había querido pasar por la parafernalia social del vestido blanco, el chaqué, el banquete y la fiesta discotequera en un salón frío. Mucho menos por la sacramental, aunque el rostro de la mujer que los había atendido en el Registro de Parejas de Hecho tenía el aire severo de un cura de campiña francesa.

—Pues cómo llevaba lo de ser Puerto Rico —corrigió su marido.

—¿Y qué le has dicho?

—Que el día que dejes de sorprenderme, cariño, pediré la independencia —sonrió, camino de la cama—. Igual pido destino en Cataluña.

—Lo mismo te digo.

El chasquido de la cerradura de la entrada interrumpió el beso. Corominas enarcó la ceja.

—Tu hijo.

«El posesivo siempre va en función de la calidad de los actos», pensó. Echó un vistazo al reloj. Nunca se lo quitaba. «Cuando tu oficio puede meterse en casa a cualquier hora, comes, duermes, te duchas, cagas y follas con él puesto.»

Salió de la habitación a tientas y entró en la sala. Una sombra se movía entre los muebles tratando de pasar desapercibida. Corominas encendió la luz y su hijo se quedó paralizado como un cervatillo congelado por la linterna del furtivo. Al segundo, torció la cabeza y vio a su padre, el índice acusador firme sobre la esfera. Había rebasado el toque de queda en casi una hora, y en un estado de sitio, y toda casa con un adolescente lo es, infringir las normas implica consecuencias.

—Los buses siguen en huelga —balbuceó—. Y no había taxis.

—*Excusatio non petita.*

—No es una excusa, papá. Es la verdad.

Si hubiera tenido que usar sus habilidades de interrogador, habría fracasado con estrépito. Lo que sí notó fue el suave olor a perfume que lo acompañaba. Su hijo se hacía mayor a la misma velocidad a la que a él se le jodía la próstata y se le caían las carnes. Ahí estaba, en calzoncillos frente a un adolescente hormonado. Cualquier intento por parecer autoritario era del todo inútil.

—La próxima vez, llamas.

—¿Y vendrás a buscarme con los rotativos puestos?

Corominas no le hizo ni caso. Pero mientras daba media vuelta para regresar al dormitorio, lanzó el dardo:

—Por cierto, quítate el carmín de los labios antes de meterte en la cama.

Álvaro se llevó los dedos a la boca y se la frotó como si rezumara veneno.

—Has picado, chaval.

ACTO TERCERO

Acta est fabula

I

—HBP. Hiperplasia Benigna de Próstata. HBP —repitió el médico por si no había entendido que las siglas correspondían a la abreviación de la patología—. No se preocupe, es normal en alguien de su edad.

Corominas aún sentía dentro el dedo perpetrador de la infamia, como un manco o un cojo el miembro fantasma.

—Pero haremos unos análisis para ver el PSA. El Antígeno Prostático Específico, las siglas están en inglés, *Prostate Specific Antigen* —aclaró el urólogo, un chaval con patillas y barbita delineadas a máquina y timbre de Cambridge—. Es una proteína que producen las células de la glándula prostática, para descartar el cáncer, aunque en la exploración no he detectado nada.

El inspector estuvo a punto de espetarle que no se menta al diablo hasta que no exista al menos una triple comprobación que lo haya descartado, mucho menos después de meterle a uno un dedo por el culo sin siquiera preliminares.

—Y… —trató de que concretara.

—De momento no parece grave, así que iniciaremos lo que se llama una fase de vigilancia expectante.

Esperó el VE, pero no se produjo.

—Para empezar, limite la ingesta de alcohol y de bebidas con cafeína, especialmente a última hora del día, y aumente la cantidad de fruta y de fibra. Cuando acabe de orinar, vuelva a los cinco minutos e intente vaciar la vejiga de nuevo, para que no se acumule —desgranó el chaval como si hablara del conducto de alguna máquina—. Le daré hora para dentro de un mes y veremos cómo va. Si no mejora, probaremos con alfa bloqueantes e inhibidores de la 5 *alfa reductasa.*

La noche había vuelto a ser movidita, y Laura, que ya sospechaba algo, lo había obligado a ir al especialista. La ventaja de tener algún contacto en la sanidad pública —una de las mejores amigas de su mujer era endocrino en el hospital de Ofidia— es que uno puede evitar cierta burocracia, aunque a Corominas no le gustara un pelo. La gente podía acostumbrarse al trato de favor y acabar pidiendo al policía amigo que archivara denuncias o vete tú a saber qué.

La gente se llevaba las manos a la cabeza al ver a políticos y funcionarios de altos, medios y bajos vuelos hacer el paseíllo en el telediario acusados de corruptelas, prevaricación, tráfico de influencias, apropiación indebida y falsedad en documento público, pero Corominas era consciente de que no se trataba más que de la escalada lógica de una actitud arraigada en lo más profundo del alma humana. Todo el mundo tira de amigos, la única diferencia radicaba en el nivel de beneficio: una cosa es saltarse la lista porque se te aparece el planisferio celeste con todas sus constelaciones cada vez que meas, y otra bien distinta construirse un chaletito en Suiza con el tres por ciento.

Antes de entrar en comisaría, decidió pasarse por el Biscuter a llenar el estómago. Era de la vieja escuela y había ido al médico en ayunas, la muda limpia y los calcetines bien remendados.

Vázquez discutía con la cocinera sobre los pinchos del día. La mujer, una mexicana de carácter, trataba de hacerle entrar en razón: el pincho de tortilla, la croqueta, los calamares, bien; pero no era sano, ni una buena estrategia comercial, le dijo de paso, el torrezno, la cazuela de callos y otros representantes de la gastronomía más rancia día sí, día también.

—Las mujeres siempre jodiendo en la cocina, pero luego en la cama, nada de nada —le espetó Vázquez.

—Una se entrega cuando el hombre es macho de verdad, no más —replicó la cocinera mientras hacía mutis por el foro con la espumadera en alto. Si era una referencia fálica o una amenaza, solo ella lo sabía.

—¡Mujeres! —mascullló el subinspector, que era incapaz de encontrar ninguna otra razón lógica a su negativa.

Al percatarse de la presencia de Corominas, se reafirmó:

—Mucha experiencia y lo que quieras, pero ni idea de hacer unos buenos callos, coño. ¿Qué será?

Corominas, que venía con ganas de pincho, hizo propósito de enmienda.

—Café. Solo.

Pero en cuanto lo hubo pronunciado, escuchó el eco del médico resoplar en su cabeza aquello de nada de cafeína.

—Mejor un té.

Vázquez lo atravesó con expresión ceñuda.

—Este país se va a la mierda. Definitivamente. Ya no se respeta el uniforme, y los hombres como Dios manda se pasan al té.

Y les falla el aparato, estuvo a punto de añadir Corominas, pero, conociéndolo, mejor callar o toda la comisaría lo sabría para el mediodía. De ahí a compadecerlo porque se había vuelto impotente solo mediaba un paso.

Espantó sus pensamientos y echó un vistazo a la portada del periódico mientras Vázquez llenaba la tetera.

—La prensa os está dando caña a base de bien. ¿Alguna novedad?

—No es la prensa la que me preocupa.

—¿Contreras?

—No va por ahí la cosa.

—¿Y por dónde va, si puede saberse?

Corominas sopesó la respuesta.

—Hasta donde sabemos, o creemos saber, Falcón no era precisamente un angelito, pero la cosa se tapó.

—Se necesitan galones y otras connivencias para eso. Pero te digo una cosa: yo me hubiera guardado una copia del expediente por si acaso.

Quizás tenía razón. El responsable de la Guardia Civil en Ofidia era el comandante Cerdán. Corominas no se había cruzado nunca con él, así que no sabía qué tipo de hombre era, y aunque el uniforme imprime carácter, el hábito no hace al monje en todos los casos. Muchos miembros de las Fuerzas y Cuerpos de Seguridad del Estado, especialmente los instalados en los despachos más níveos, como solía decir Agüero, están más preocupados en medrar que en otros lances. Si Cerdán era del tipo, no tenía nada que hacer.

En cuanto a Segura, el jefe de la Municipal, no albergaba muchas esperanzas. Si el asunto se había enterrado era porque, tras la investigación, el alcalde habría llamado al delegado para que todo pasara discretamente a mejor vida. No hay nada peor que colgarle a alguien una medalla un día y desayunar al siguiente frente a la exclusiva de que el héroe está de mierda hasta el cuello. Corominas era consciente de que el bien más preciado en política es el favor debido.

—¿Cómo va tu Che particular, por cierto? —se interesó su excompañero mientras dejaba la tetera en la barra.

El cambio de tema pilló a Corominas desprevenido.

—A este paso me la veo un día en el telediario con palestino y *kalashnikov* —respondió medio en broma, aunque con la convicción de que su mujer tenía el alma combativa.

—Pues yo estoy con ella, qué quieres que te diga —compartió el subinspector, que ya se había enterado de todo con pelos y señales—. Este país se ha vuelto un ecosistema hostil. Lo que no entienden ese puñado de depredadores de corbatín es que, a este paso, solo les va a quedar el canibalismo.

—¿Cuándo te ha nacido a ti la conciencia social?

—El hogar de un hombre es sagrado. Es donde ríe, llora, caga y folla. Y donde antes nacía y se iba al otro barrio. Un bien inviolable. Nadie tiene derecho a quitarte eso, ni deudas hipotecarias ni pollas.

—¿Insinúas que deberíamos negarnos?

—No lo insinúo, lo afirmo.

Casi en el acto, Vázquez se enderezó tras la barra y se puso a recitar:

—«Cuando vinieron a llevarse a los comunistas, guardé silencio, porque yo no era comunista; cuando encarcelaron a los socialdemócratas, guardé silencio, porque yo no era socialdemócrata; cuando vinieron a buscar a los sindicalistas...»

—«Y cuando finalmente vinieron a buscarme a mí, no había nadie más que pudiera protestar» —completó el inspector.

Aunque el trayecto hasta la comisaría era corto, Corominas tuvo tiempo de entrar en un estado cercano a la hipotermia. La nieve parecía haberse marchado definitivamente a otras cotas, pero el frío se había obstinado en seguir dando la murga y la niebla impedía ver un solo centímetro de la circunferencia solar.

Su próstata no había sido la única culpable de una nueva noche inaceptable. La bronca con Pedregosa le había revuelto el vientre, así que tenía el ánimo jodido y la vejiga y el miembro al rojo. Nada más entrar en su despacho, decidió llamarlo. Una voz le comunicó que su móvil estaba apagado o fuera de cobertura, de modo que se plantó frente al ordenador y trató de localizar el teléfono de su oficina.

—Ha ido a un funeral —lo informó otra voz sin excesivo temperamento.

Corominas recordó entonces la cuartilla en la puerta de la tienda de motos, aunque el nombre se le resistió. Cogió la chaqueta y fue en busca de Agüero:

—Nos vamos de entierro.

—¿Quién ha muerto?

—Eso quiero saber —respondió Corominas.

II

Javier había escondido la pistola en uno de los edificios abandonados de la plaza en la que solía pasar sus ratos muertos con Jon. No la había vuelto a sacar desde la noche en la que se la quitó al cadáver.

Fue tocarla y venirle detalles que ni siquiera recordaba. Lo primero, la sequedad en la boca; después, el temblor de manos y el dolor de tripa mientras esperaba a que el municipal alcanzara su coche. El cerebro tiene estas cosas: a veces va a su bola.

Antonio Falcón salió del local de Zaira bebido. Era lo esperado. Pero lo oyó. Más bien lo intuyó, como un animal en peligro. Javier estrangulaba el arma unida a su pantalón por aquel trozo de cordel ridículo. Y no pudo disparar. Un hombre de espaldas es un bulto sin rostro, pero cuando el subinspector se giró, lo que vio fue a un simple desgraciado.

Falcón le comió la distancia como un mastín desbocado y le plantó un gancho seco en la boca del estómago. Javier se dobló en dos y la pistola le quedó colgando como un péndulo mientras una mano fría lo agarraba del cuello y lo estampaba contra la puerta. Por un momento sintió sus pies despegarse del suelo y su cerebro cortocircuitarse por el dolor.

—Han mandado a un niño a hacer el trabajo de un hombre —se mofó el policía con el aliento dulce por el alcohol.

Después, agarró la pistola y tiró de ella, dejándolo huérfano.

—Y ni siquiera te han dado un arma de verdad, chaval.

Javier trataba de atrapar aire a boca abierta. Tenía ganas de vomitar, pero a su garganta solo subió un sabor a álcali mientras el municipal le levantaba el rostro para verlo bien. Y para que lo viera.

—Eres el hijo de Rebeca, ¿verdad? Eres tan inútil como tu padre.

Ese fue su primer error. El segundo, darle la espalda. Una pelea nunca se acaba hasta que tu enemigo duerme en la lona con la cara empapada de baba y sangre. Javier cogió un trozo de cristal del suelo. Estaba anegado de odio. Un aborrecimiento como el que jamás había sentido, sin filtros, nítido. Lo único que sintió Antonio Falcón al girarse fue cómo el improvisado bisturí se le hincaba en la tripa. Una, dos, tres veces, hasta que el hijo de Rebeca Castro lo rajó de lado a lado como lo haría un samurái que busca recuperar su honor.

El municipal cayó de rodillas tratando de cerrarse el vientre con las manos.

—¿Qué coño has hecho?

En su cara, un gesto de incomprensión. Sabía que la vida se le escapaba a raudales. Javier observó cómo el animal herido se postraba para morir, el culo en la acera y la espalda contra la pared.

—Me has destripado, cabrón. —La voz del municipal era un llanto—. Me has destripado, joder.

Javier sintió otra arcada. Dejó caer el cristal y observó su obra. Entonces, la vio. La culata del arma de Falcón asomaba tras uno de sus riñones, y, sin saber por qué, la cogió. Por un instante pensó en darle matarile, en acabar con su agonía metiéndole una bala en la frente, pero se limitó a guardársela y salir corriendo. Ni siquiera se acordó de que dejaba tras de sí otra arma, ni de que el cristal con el que acababa de arrebatarle la vida al municipal le había abierto un corte en el guante de látex y le había tajado de punta a punta la palma de la mano.

Antonio Falcón había quedado reducido a un simple guiñapo con cara de espanto. Nadie se asomó a ninguna ventana durante el rato en que el hombre agonizó allí solo, en las calles que lo habían visto nacer y de las que, hasta ese instante, había sido el rey.

Un ruido a su espalda hizo que Javier regresara al presente. Al otro extremo del cañón, identificó a su amigo. Jon se quedó petrificado. Hasta que Javier bajó el arma. Ahí estaban los dos, frente a frente como en un duelo.

—¡No jodas! ¿Es de verdad?

Javier dejó caer la cabeza y el hierro.

—¿De dónde la has sacado? ¡Está de puta madre!

No supo mentir:

—Es la pistola de Falcón.

Hay preguntas cuya respuesta ya conoces, y Jon comenzó a atar cabos al instante.

—¡Te lo cargaste tú!

Javier se sentó en un pequeño muro a medio terminar, el arma en el regazo. Le pesaba una tonelada entre los dedos.

—¿Puedo? —preguntó Jon alargando la mano.

Javier se la dejó coger y sintió como si, al fin, alguien lo liberara de su carga.

—No me extraña que estuvieras raro... ¿Qué coño pasó?

—Cuanto menos sepas, mejor.

—¿Es que piensas que me chivaría? —protestó Jon, picado en su amor propio—. Soy tu mejor amigo y eso es un vínculo sagrado, ¿te enteras?

—Sé que no —lo tranquilizó Javier—. Es por tu bien.

Durante un buen rato, permanecieron allí callados. Jon trataba de digerir la noticia; las preguntas se le acumulaban como los vagones de un mercancías mientras Javier sentía el ánimo más flojo a cada rato.

—¿Por qué?

—Hice un trato.

—¿De qué hablas? ¿Con quién?

—Con Lacunza. Bueno, con todos.

—Joder, Javi... Lacunza es un cabronazo. Sea lo que sea, no te dará un *pavo*, te lo digo desde ya.

—No ha sido por dinero.

La sola idea le repugnó. Prefería pensar que había quitado una vida para salvar otra. Eso sí valía la pena. Aunque lo único que corría por sus venas mientras apuñalaba al municipal era odio; su padre había quedado en un segundo plano.

—Pues ya me contarás.

—Yo me cargaba a Falcón y ellos nos pagan una residencia.

—No me jodas... ¡Qué hijos de la gran puta!

Javier comenzó a sentir que todo se le escurría entre los dedos. Los ojos se le llenaron de lágrimas y comenzó a boquear sin control mientras la presa que había acumulado todo su miedo y su rabia se desbordaba. Jon lo rodeó con los brazos y lo apretó fuerte. No era el momento de soltarle el sermón.

Javier sintió que el cuerpo de su amigo lo recogía justo en el momento preciso.

—Puedes contar conmigo, ya lo sabes. Para lo que sea, ¿vale?

Sus ojos se encontraron. No hacía falta decir nada más, estaba todo allí, líquido y bien claro.

—¿Y qué hacemos con esto? —dijo Javier una vez atajado el llanto.

Jon extrajo el cargador y tiró del carro hacia atrás, hasta alcanzar la retenida. Liberó la corredera, arrastró el cañón, la guía y el muelle recuperador y la pistola quedó dividida en cinco partes:

—Para que luego digas que las pelis no sirven para nada —se jactó—. La tiramos al vertedero y listo; no la encontrarán ni de huevo.

Todo el barrio estaba allí. También Pedregosa, apoyado en la pared del fondo de la nave como si su espalda sostuviera el templo entero. Nada más entrar, Corominas y Agüero lo saludaron con una inclinación de cabeza, pero no obtuvieron respuesta, así que optaron por situarse en el lado opuesto.

Pedro Mendes giró la cabeza y su mirada chocó con la del inspector. Su cuello recuperó la frontalidad al instante y se inclinó para susurrar algo al oído de su vecino, que perfiló la nariz en dirección a Corominas. A medida que la noticia de su presencia viajaba de boca a oreja, cada uno de los hombres de la bancada lo buscó sin poder evitarlo. Menos el último. El inspector no tenía prisa: tarde o temprano, todos saldrían por la puerta.

La ceremonia transcurrió por los cauces habituales, con loas al finado y afirmaciones de que estaba mucho mejor ahora. «Ay, qué larga es esta vida, me causa un dolor tan fiero, que muero porque no muero —recitó Corominas en voz baja—. Lo único cierto —murmuró a continuación—, es que los muertos solo saben que estaban mejor vivos.»

Muchos policías se volvían ateos con el tiempo; un prolongado contacto con la mierda les hacía ver las cosas con perspectiva. Otros, por el contrario, se hacían devotos de tal o cual santo, como el propio ministro del Interior, un Pablo de Tarso que había visto la luz entre los neones de Las Vegas y se había hecho talibán de la Virgen. Hasta la había condecorado en dos ocasiones. Corominas nunca había sido religioso, lo único que recordaba del cura del pueblo al que iba a veranear de pequeño era su aliento a café con leche y a Ducados.

Observó a Pedregosa por el rabo del ojo. Sabía que Falcón no era un mártir al que le profesara excesiva fe, pero una cosa es saber que el tío es un cabrón, y otra bien distinta que te afirmen que el querubín ejercía de Alfonso Capone de barrio. Él era su superior inmediato y le habían cargado con aquella responsabilidad: lo que hacen tus hombres es asunto tuyo, tanto si estás enterado como si no.

En cuanto terminó el responso, los vecinos comenzaron a desfilar como procesionarios hacia la salida. Gente humilde, en los gestos, las miradas y las ropas. Algunos caminaban con la derrota sobre los hombros, otros simplemente encorvados por una vida de trabajo duro.

Corominas pudo ver al fin el rostro del desconocido. Su expresión era amable, pero sus ojos azul hielo apestaban a rencor. Y luego estaba su hoyuelo, del tamaño de la punta de un meñique. Como el de *Mesala*.

Antes de que pudiera presentarse, el librero se acercó y le tendió la mano.

—Miguel Lacunza.

—Inspector Corominas.

—Sé quién es. Si puedo ayudarle en algo, no dude en decírmelo.

—La verdad es que sí —señaló Corominas—. Tengo entendido que es el presidente de la Asociación de Comerciantes.

—De los pocos que quedamos.

—Me gustaría hablar con usted. ¿Mañana?

—Muy bien. Pásese por la librería, allí estaremos tranquilos.

—No se preocupe, no le entretendré mucho tiempo. Es simple rutina.

Lacunza asintió y se marchó. La mirada de Corominas

interceptó de nuevo la de Pedro Mendes, que, al verse descubierto, huyó despavorido.

En cuanto se quedaron solos, Pedregosa se acercó hasta donde estaban.

—¿Qué, de pesca?

Y antes de que Corominas pudiera contestar, sacó un folio doblado de la chaqueta y se lo tendió:

—Quizás esto te ayude.

III

—¿Qué pasa? —contestó Martínez al otro lado del aparato.

—¿Te has encargado de la autopsia de un tal Urrutia?

—Puede que sí, puede que no. Pero si es que sí, y no digo que lo sea, ojo, creo que el muerto no es tuyo, ¿no?

—No me jodas, Julián.

—No te jodo, inspector. Ya sabes cómo funcionan las cosas. Me queda un suspiro para retirarme, y aunque la pensión es de risa, es la que es.

Corominas lo sabía de sobra, le iba a quedar lo mismo:

—El caso no es mío, pero puede estar relacionado. Y no es que quiera meter las narices donde no me llaman, que también. Solo quiero saber qué pasó.

—Veré lo que puedo hacer —claudicó el forense.

—Me llamas a la hora que sea, ¿de acuerdo?

El papel que le había entregado Pedregosa era el informe de la agresión a Manel Urrutia, el muerto, redactado de puño y letra por el propio Antonio Falcón. Su último caso.

—¿Qué buscas?

—Cualquier cosa.

—Crees que se le fue la mano —le leyó la mente Agüero.

—No soy el único, al parecer.

Pedregosa parecía comenzar a aceptar la posibilidad de que su subordinado fuera responsable de ciertas actividades más allá del cumplimiento del deber, incluido el homicidio culposo del tendero. Corominas no creía que Falcón hubiera querido matarlo, pero el azar juega malas pasadas, a veces.

También creía que el funesto desenlace de aquel hombre había tenido que ver en el asesinato del municipal. Por más que su porvenir pareciera llevar tiempo fraguándose, aquello había sido la gota que había atiborrado el vaso de la paciencia de algunos: una cosa es que te metan mano a la cartera, otra bien distinta que manden a uno de los tuyos al otro barrio. Solo faltaba un detalle: las dichosas pruebas.

—Se cansaron de pagar —resumió Agüero.

—Más bien le vieron los colmillos al lobo —matizó Corominas.

—Apuesto por Lacunza.

—Parece de los listos. Dudo que se haya manchado las manos.

—¿Crees que contrataron a alguien?

—Los sicarios no suelen llevar *sindicalista*... Esto es cosa de dentro.

—Quizás se repartieron el trabajo —aventuró su compañero.

—Veremos qué nos cuenta el librero.

Agüero asintió y, acto seguido, levantó la ceja:

—¿Qué?

—¿Tú no tenías algo hoy?

Corominas llegó a casa con el tiempo justo para darse una ducha rápida. Al salir del baño, comprobó que Laura le había dejado sobre la cama un traje oscuro —el traje oscuro, a decir verdad—. Y allí estaba, sobre la camisa blanca: la corbata. Cuando se disponía a protestar, su mujer entró en la habitación cerrándole la boca. Llevaba un vestido de noche rojo atado al cuello, el pelo recogido y unos zapatos de pulsera. El masetero de Corominas se aflojó hasta dejarle la mandíbula colgando.

—Lo sé, estoy preciosa. Tanto como sé que te has olvidado —añadió sin dejarle un segundo para rechistar.

Su expresión no mostraba rastro alguno de enfado, solo una sonrisa que no alivió en nada la inquietud de Corominas.

—No lo he olvidado —trató de defenderse—. Y sí, estás preciosa. Mucho.

—Si me escucharas un poquito de vez en cuando, sabrías que Sara y David se fueron a vivir a Berlín hace un par de meses —siguió Laura.

—Ni yo les caigo bien, ni ellos a mí, ya lo sabes. Pero me has arreglado el día.

Su mujer hizo como que no lo escuchaba:

—Y si no fuera porque sería un lío meterse a partir peras a estas alturas, estoy segura de que el hecho de que tu marido se olvide de vuestro aniversario sería una eximente judicial en cualquier caso: homicidio divorcio. Eso no impide que me reserve el derecho a elegir un castigo adecuado, por supuesto —remató finalmente.

Corominas sintió cómo una enorme ola de vergüenza, más bien tsunami, le azotaba el organismo. En circunstancias así, lo mejor es callar, asumir la culpa, emitir una tenue, breve, casi inaudible disculpa y, bajo ningún concepto, tratar de justificarse.

—No tengo perdón.

—No, no lo tienes —corroboró Laura—. Pero no por ello pienso renunciar a una buena cena.

Acto seguido, sus ojos descendieron hasta la corbata.

—Dame cinco minutos —se cuadró Corominas.

Durante el trayecto en taxi, Laura permaneció muda. Corominas asumió el rol de marido compungido mientras el taxista le lanzaba miraditas de aliento. Fuera lo que fuese lo que hubiera hecho o dejado de hacer aquel hombre, estaba con él en cuerpo y en alma.

—Menos mal que se ha ido la nieve —dijo por romper el silencio y echarle un cabo—. La gente se pone histérica en cuanto cae un copo.

«Dos heladas, un deshielo y otro por venir en solo una semana», contó Corominas en silencio. Al ver que ninguno de sus pasajeros respondía, el taxista optó por fijar la vista al frente y tragarse las ganas de cháchara. Para compensar, encendió la radio justo en el instante en el que arrancaba el boletín de las nueve.

«La policía sigue sin pistas en el caso del asesinato del subinspector de la Policía Municipal, Antonio Falcón. Tanto Ramón Alba, concejal delegado del Área de Seguridad Ciudadana, como fuentes de la Delegación del Gobierno señalan que la investigación sigue su curso...»

—¿Podría apagarla, por favor? —le pidió Laura.

El hombre la observó a través del espejo. Aquella pareja no le iba a hacer ninguna concesión.

—¿Saben qué creo? —hizo un último intento.

—¿Qué cree?

Quizás el hombre fuera a solucionarle el caso, caviló Corominas.

—Me da a mí que el poli ese no es trigo limpio.

—¿Por qué lo dice?

—Porque no te rajan de madrugada en un barrio como ese si no andas metido en algo.

Al parecer, el descenso público de Antonio Falcón a los infiernos había comenzado.

—No todos los policías son unos chorizos, ¿sabe? ¿O acaso

todos ustedes timan en las carreras? —soltó Laura como un latigazo.

—¡Los taxistas somos un colectivo muy honrado, señora! —protestó el hombre.

—Como la policía —zanjó ella ante la atenta mirada de su marido.

«Cuerpo Nacional de Policía, siempre dispuesto al servicio de España, protector del ciudadano, de la paz y de nuestra democracia. Mi servicio prestaré, con firmeza y dignidad, a favor de la Justicia y el respeto a los demás», sonó en la cabeza de Corominas. Miró a su mujer y se sintió orgulloso.

Tras la breve refriega, el taxista optó por una prudente retirada, no sin dejar de lanzar miraditas a Laura de vez en cuando, en especial a su escote.

Tras diez minutos de calma gélida, el vehículo se detuvo frente al restaurante.

—Entonces decías que Sara y David no vienen... —dejó caer Corominas mientras la ayudaba a bajar.

Tanteaba el estado de la cuestión, y aquella táctica siempre le funcionaba. Laura no pudo aguantarse la sonrisa, aunque le golpeó el hombro con el bolso, enfadada por la concesión.

—La noche aún no ha terminado y tienes mucho que purgar.

El restaurante, de los caros, estaba lleno hasta la punta del palo mayor. «La crisis tiene estas contradicciones —pensó Corominas—: llena por igual chinos, Telepizza, McDonald's y restaurantes de una, dos o tres estrellas Michelin; todo lo intermedio se desangra.»

—Por cierto, pagas tú.

La corbata se le cerró como una soga de linchamiento. A todos los efectos, era un guantanamero sin derechos.

Laura había reservado mesa hacía semanas. Cuando

uno tiene un local santificado por una de esas guías del buen comer, maneja la agenda por trimestres. Entre la concurrencia, Corominas creyó reconocer a un concejal acompañado de una rubia de tetas contra natura y pensó que le iba a tocar pagar dos cenas: la suya y otra vía impuestos indirectos. También consideró si aquellos pechos habrían salido de sus bolsillos. De ser así, quizás tenía derecho a un sobeteo.

Tras tomarles nota —se decantaron por el menú degustación—, el sumiller se acercó y les preguntó si querían vino. Laura lo miró fijamente.

—Uno caro.

«Divino castigo», pensó Corominas, que apuntó de inmediato:

—Un *syrah*.

«Otros paletos que han visto *Entre copas*», debió de callarse el hombre a juzgar por su expresión de desdén entre mirada y mirada al escote de Laura, que estaba resultando de lo más concurrido aquella noche.

—¿Nacional o extranjero? —indagó el estirado sin apartar los ojos del canalillo.

—Patrio, sin mezcla —indicó el inspector, a punto de saltar.

«Dinero, incultura y toneladas de arrogancia: así son los nuevos ricos de este país», murmuró el catavinos para sus adentros. Aunque su expresión lo delataba.

—¿Puedo recomendarles un Abadía Retuerta?

—¿Es muy caro? —insistió Laura.

—Creo que su precio será el suficiente para satisfacerla a usted y no alarmar a su marido —respondió el tipo con una sonrisa que le costó media vida; hablar del precio de un caldo era lo más zafio que había tenido que hacer en todo el día, seguro.

—El médico me ha prohibido el alcohol antes de dormir

—detalló Corominas—. Pero haré una excepción. Ya ve, tengo el pito medio muerto, pero de vista ando perfecto.

Era su modo de informar a su mujer de que había cumplido con el precepto de visitar al urólogo y, de paso, retorcerle los huevos al mirón de pajarita, que se fue con el rabo entre las piernas. Qué desperdicio de vino y qué desperdicio de mujer, creyó oírlo decir mientras se alejaba.

—¿Qué te ha dicho?

—Hiperplasia Benigna de Próstata. Eso justo después de violarme.

—Ya me gustaría veros la cara si os metieran por detrás un espéculo.

La sola idea hizo que Corominas contrajera los glúteos para cerrar el recto a presión.

—Me ha hecho un análisis de sangre, por descartar otras cosas.

—¿Y?

—Y adiós a la cafeína también.

La cena transcurrió sin sobresaltos. Corominas no dejaba de mirarla mientras su deseo crecía a sorbos. Afortunadamente, su micción era lo único que parecía atascado, el resto estaba intacto. Al menos desde su erección mañanera; eso sí, la situación le había dejado el ánimo tocado. Jamás había medido el valor de un hombre por su capacidad de cópula —eso se lo dejaba a Vázquez—, pero la idea de la maldita *pitopausia* no dejaba de rondarle la cabeza. Y no era porque pensara que sus días de cama pudieran tocar a su fin, sino porque sentía que cada vez pintaba menos en todo; así suele premiar la sociedad a los viejos.

Recordó entonces la primera vez que mantuvo una conversación seria con Laura, más bien un seminario intensivo de siete horas sin descansos en un bar.

—¿Se puede saber de qué te ríes?

Corominas no fue consciente de su cara de bobo hasta la

interrupción. Había saltado de su primera cita a la tarde en la que había pillado a su hijo in fraganti en su habitación sin solución de continuidad.

—¿Conoces a una tal Eva?

—La conozco.

—¿Desde cuándo?...

—Pues desde hace unas semanas.

—¿Y a sus padres?

—¿Me estás interrogando, inspector?

—Simple curiosidad.

—Su padre tiene una pequeña empresa de calderería, trabajan los dos —le dio el parte su mujer—. A ella la conozco de alguna reunión de padres. Son buena gente.

—No he dicho lo contrario —se defendió Corominas.

—Por si acaso —replicó Laura.

En ese instante, llegó el camarero con los postres, tiramisú para él, tarta de queso para ella. El inspector le dio un bocado y, aún con la felicidad del mascarpone inundando su boca, su mujer le soltó la bomba:

—Tu hijo quiere ser actor.

—¿Actor? ¿Te refieres a actor, *actor*?

En ese preciso instante, comprendió que lo de la obra de teatro del instituto había sido un globo sonda.

—Sí, Hero. Actor.

—¿Desde cuándo?

La última noticia que tenía era que Álvaro se interesaba por el Derecho, todo lo que un adolescente mira hacia su futuro más allá de mañana. Lo de que su chaval se hiciera picapleitos no le hacía demasiada gracia; alguien que es capaz de justificarte una cosa y la contraria en menos de cinco minutos no es de fiar. Aunque el problema de fondo es la propia ley. Luego estaban los jueces. Otra categoría. Así que lo de actor no estaba tan mal.

—Quién sabe —respondió Laura—. Pero parece que va

en serio. El otro día trajo a casa un par de folletos de escuelas de interpretación de Madrid.

—Un actor, una activista y un madero: menuda familia —espetó Corominas con sorna—. Pues ¿sabes qué te digo? Que si quiere ser actor, pues que lo sea.

Si se negaba, el asunto se enquistaría, así que la mejor estrategia era dejarle hacer; le daba igual la profesión que escogiera su hijo mientras la disfrutara. Demasiados chavales deciden por oposición frontal a sus progenitores o son empujados a la imitación en serie y acaban jodiéndose la vida. Una vez dentro de la centrifugadora, bajarse exige mucho valor.

Él no se arrepentía de haberse hecho policía, aunque hubiera sido en buena medida por contrariar a su padre. Le gustaba su trabajo. Pero conocía a muchos que lo compartían porque había sido su única salida.

—No sabe cómo contártelo... Háblalo con él, por favor.

Corominas sacudió la cabeza para hacerse a la idea. En cuanto se enteraran en comisaría, todos le darían el pésame: «Lo siento, inspector, el hijo le ha salido de la ceja y maricón, qué le vamos a hacer». Claro que, de ser chica, la cosa hubiera sido mucho peor.

Su móvil comenzó a sonar con estrépito. La concurrencia se giró hacia ellos como si el timbre acabara de violar el espacio sagrado de una platea. Corominas se disculpó con un gesto y localizó el aparato en el bolsillo de su chaqueta. Era el número personal de Martínez.

—Me dijiste a cualquier hora, y ya ves que cumplo.

«Qué se le va a hacer», se dijo.

—Al menos, que sea rápido.

—He revisado el informe de la autopsia, era de Torres —lo informó haciendo una larga pausa para que apreciara su esfuerzo—. Traumatismo inciso contuso con fractura presionada del hueso frontal que provoca hematoma intracerebral...

—Al grano, Julián —lo apremió. Sentía la mirada de Laura abrirse paso entre sus costillas camino del corazón.

—Pensaba que tú mejor que nadie sabrías apreciar la literatura de Torres.

—Le reventaron la crisma, eso ya lo sabíamos.

—Lo interesante no reside en el qué, sino en con qué.

—¿A qué te refieres?

—¿Quieres que especule?

—Adelante.

—Le dieron un culatazo. Con una H&K, una USP Compact, concretamente.

—¿Estás seguro?

—Algunas tienen una extensión en el puño del cargador para facilitar el agarre. Dejó marca.

—¿Algo más?

—Si la encuentras, es probable que tenga piel, cabello o salpicaduras en la parte interna de la culata. La gente se preocupa de pasar el paño por fuera, pero se olvida del hueco del cargador.

—Te debo una, Julián.

Corominas devolvió el aparato a las profundidades de su americana y miró a Laura con expresión de Isaac a punto de ser enviado al otro barrio. Los ojos de su mujer estaban fijos en él:

—¿Qué quería?

—Confirmarme que tu amigo el taxista tenía razón.

IV

Jon dormía con la boca abierta y la cabeza recostada sobre el hombro de Javier. Cada sacudida del autobús la hacía brincar antes de depositarla de nuevo sobre su plumífero acolchado, sobre el que había dejado un circulito de baba. A juzgar por su expresión, estaba en el séptimo cielo. El taller de Mauri abría a las nueve y solo estaba a dos calles de la casa de Jon, así que su amigo había aprendido a apurar el sueño al máximo: no estaba acostumbrado a madrugar tanto.

Javier veía discurrir el paisaje a través de la ventanilla, los últimos edificios del barrio, la vía del tren, los campos, las primeras calles del centro y su ajetreo. En cuanto el ómnibus se detuvo en la plaza Redonda —que antes de convertirse en círculo vehicular del tráfico era un cuadrilátero irónicamente perfecto—, lo despertó. Debían hacer transbordo.

Su amigo abrió los ojos y tardó en situarse.

—Pero ¿dónde coño vamos, tío? —preguntó mientras se desperezaba camino de la nueva marquesina.

—Ya lo verás.

La nueva línea los llevó hasta unas afueras que nada tenían que ver con su periferia. La que a ellos los definía como parias, a otros los encumbraba al Olimpo social, por mucho que los kilómetros de una y otra al centro fueran los mismos. Todo era diferente allí: las calles, las casas, los jardines, el cuidado y la limpieza del mobiliario urbano. Incluso el cielo parecía más azul. Aunque era el mismo que escudriñaban en busca de aviones desde los columpios del barrio, a ambos les pareció que allí lucía mejor. Aquel era un nirvana de cementeros, de gerentes, de directores generales e inversores que jugaban al Monopoly con la sangre de los demás y se quedaban con su mordida correspondiente.

La gente se giraba a su paso con el ceño plisado. Señoras seguidas por *nannies* aimaras o quechuas que cargaban con sus perfectos querubines, cuidadoras mapuches o guaraníes tirando de vejestorios ajenos; carne de cañón que había venido a ganarse la vida limpiando la mierda de gente que los miraba desde alturas siderales.

Jon no dejaba de observar los coches aparcados frente a las fincas: Lexus, Audi, Mercedes, BMW de gama alta y algún que otro todoterreno Porsche perfecto para una ciudad levantada en medio de una planicie.

Javier se detuvo frente a la verja de entrada de un enorme chalé.

—Es aquí.

Jon echó un vistazo. Más monotonía perfecta.

—¿El qué?

—Quería que entendieras por qué maté a Falcón.

Su amigo se acercó a la cancela de forja, de esas con lanzas coronadas en forma de flor de lis. Junto a un moderno timbre, una placa dorada con letras en huecograbado lucía el orgulloso nombre del establecimiento: «Residencia Ofidia Gardens». Paredes blanquísimas con zócalo y esquineras de mármol de Calatorao, tejado negro de pizarra alpina en forma de escamas, ventanales nobles, balcones ciclópeos y metros de césped cortado a cepillo entre los cedros.

—La gente como nosotros no encaja en un sitio así —masculló—. ¿Has visto cómo nos miraban? Esa gente cree que la pobreza se pega, tío, como si fuera el ébola o la puta peste, así que cuanto más lejos nos tengan, mejor. Las cosas son como son y no hay más. En esta vida todo viene por pares: arriba y abajo, dentro y fuera, ricos y pobres, ganadores y perdedores —cerró mientras encogía los trapecios—. ¿Cómo era eso que me contaste del aceite y el agua?

—El aceite es menos denso que el agua, por eso flota.

—Pues eso. Nosotros somos chapapote y ellos Evian —sentenció Jon.

Javier era consciente de que estaba en lo cierto. Lo sabía incluso antes de matar al municipal; desde el mismo momento en que el librero lo había enredado como a un imbécil. Pero la esperanza no lo dejaba en paz. La maldita esperanza.

—Te diré algo de la gente como Lacunza: en cuanto consiguen lo que quieren, te dan por culo y punto. ¿Acaso han movido un dedo por tu padre hasta ahora?

Javier quedó en silencio. Nada. No tenía nada. Podía ir a la policía, confesar y contarles que habían sido el librero y sus secuaces quienes le habían encargado que liquidara a Falcón. Pero entonces llegaría la pregunta: «¿Tienes pruebas?». Lo único que tenía a su favor era una negación: no tenía motivos para hacer lo que había hecho; no sin que los otros confesaran que le habían prometido el paraíso a su padre.

Jon asistía a la epifanía de su amigo en respetuoso silencio. Sabía que no hay nada peor que el momento en que alguien te arroja el sueño por la borda, y el de su amigo se acababa de hundir a plomo en el océano. El verdadero motivo por el que Javier lo había arrastrado hasta allí era para mostrarle que, por un instante, todo había sido real. Había venido a enterrar su esperanza, y quería que su mejor amigo estuviera con él.

—Haremos que esos hijos de la gran puta cumplan su palabra —pronunció entonces con rotundidad. Tenía el velo del profeta en la mirada.

—¿Cómo? —preguntó Javier entre la desesperación y la súplica.

—¿A qué le tienen más miedo?

Javier esperaba la salvación.

V

La librería de viejo de Miguel Lacunza parecía sacada de un capítulo de *Cuéntame*. Los dos grandes escaparates de la entrada formaban un embudo de cuello torcido que precipitaba al visitante hacia la puerta como en una nasa. Corominas sonrió al recordar el que había usado el sumiller para decantar el vino durante su cena de aniversario.

Al otro lado de la cristalera se agolpaban todo tipo de libros: grandes, pequeños, alguno minúsculo, otros enciclopédicos, de baratillo, de tapa dura, ediciones de bolsillo... El conjunto era de lo más ecléctico, desde un sonoro facsímil de *Las Cantigas* de Alfonso X el Sabio, hasta una colección de primeras ediciones de Marcial Lafuente Estefanía.

Corominas curioseó entre sus títulos, una de las pocas concesiones de su padre a la literatura popular, y descubrió un volumen de *La mascota de la pradera*, su primera aventura del *far west*. Agüero sonrió ante su embelesamiento. El inspector saltaba de un lomo a otro tan pegado al aparador que su nariz dejó un rastro en el cristal sin que se diera cuenta.

En una ocasión, su padre le había contado que él y Lafuente habían coincidido unos días en la cárcel, justo cuando el hombre había comenzado a perpetrar sus primeras letras sobre un rollo de papel de váter, el origen más singular de la literatura española. Se había criado leyendo aquellas novelas, un *pulp* nacional que llegó a rivalizar con los mismísimos Zane Grey y Louis L'Amour.

—¿Qué tal el postre? —lo sacó de sus cavilaciones Agüero.

—Tiramisú —contestó sin prestarle demasiada atención. Seguía prendado del escaparate. Hasta que cayó en la cuenta.

—¿Tú lo sabías?

—Alguien debía asegurarse de que llegaras a casa a tiempo.

—Esta te la guardo.

—Ya veo —señaló Agüero con el gesto torcido—. No me vas a castigar encima por tus olvidos, ¿no?

—«Los que dejan errar al rey a sabiendas, merecen pena como traidores» —pronunció el inspector dándole a la cita un tono teatral.

Al entrar, comprobaron que el local era el doble de grande de lo que sugería su ceñido acceso. Un auténtico laberinto de estanterías. El olor a papel, a cuero viejo y rancio, a polvo, a madera y pegamento pasaportaron a Corominas a su infancia de golpe.

—Al fondo, giren dos veces a la izquierda —los informó una voz algo lejana.

El inspector se adentró en aquel templo con la reverencia debida. Pasaba las yemas por los lomos como el carcelero recorre con la porra los barrotes de una celda. Aunque muchos de los títulos le eran desconocidos, reconoció un *Quijote* de Doré dentro de una urna de metacrilato. Una joya.

Su padre le había transmitido la maldición vía genética: ¿cuánto más de él llevaría dentro? Memoria en las células configurándose generación tras generación, no solo el color de los ojos o el pelo, el tamaño de la nariz, del mentón o de la boca, también el genio o la desidia, el bien o el mal. No creía en ese tipo de determinismo, pero a veces dudaba ante ciertas evidencias.

Lacunza los esperaba en el taller, una pequeña habitación sin ventanas y con un ventilador de latón suspendido del techo. Desarmaba cuidadosamente un libro, una encuadernación fatigada. Sobre la mesa, una lata de gasolina de mechero, un rejón, varios pinceles y algunas postetas ya separadas:

—Buenos días. —Levantó la cabeza. Sus ojos parecían dos pelotas de baloncesto tras las lentes de aumento.

—Buenos días —correspondió Corominas—. Procuraremos no entretenerle demasiado —añadió al verlo de esa guisa.

El librero se quitó las gafas y las dejó sobre la mesa.

—Si algo tengo, inspector, es tiempo. El pequeño comercio se muere. Vaya usted al centro y solo verá esas franquicias que lo uniforman todo. Y no se crea que la cosa afecta únicamente a Ofidia, no; se trata de un fenómeno a escala planetaria. Le podrían dejar en la calle comercial de cualquier ciudad y dudaría. Las librerías de viejo son caso aparte. Siempre hemos sobrevivido mal. El amor por los libros es algo que se transmite de padre a hijo, y uno no siempre tiene éxito. Este mundo tiene mucho de religión, y si uno no cree, pues no cree. A los jóvenes, el papel les parece algo obsoleto, pero le aseguro que nos sobrevivirá a todos. Se lo digo como lo siento: el libro es el mayor logro de la humanidad.

Corominas asintió a su discurso, en parte por cortesía, en parte porque estaba de acuerdo.

—Tiene usted una colección muy interesante.

—No son más que libros. Algunos más afortunados que otros, eso sí. Pero usted entiende de esto, claro.

—¿A qué se refiere?

—A que su padre tiene una de las mejores bibliotecas de Ofidia —contestó Lacunza—. De España, incluso, me atrevería a decir.

Ante su sorpresa, el librero aclaró:

—Le restauré un ejemplar en una ocasión.

—No lo sabía.

—Aunque suele acudir a Viguri, el de la calle Mayor. Por cierto, ¿cómo está? Su padre, me refiero.

—Bien —se limitó a responder Corominas. No le apetecía compartir sus secretos familiares con un sospechoso.

—Salúdele de mi parte, aunque no sé si se acordará de mí.

—Se acordará del libro.

—Una edición príncipe florentina de *La Odisea*. No es fácil olvidar un ejemplar así.

El inspector sabía perfectamente a cuál se refería. Sin que se diera cuenta, Lacunza se había adueñado de la conversación. El hombre poseía la atracción de una serpiente y sabía cómo manejar los tiempos a su antojo.

—Verá, hay dos tipos de coleccionistas: los que veneran el libro como objeto y los que aman los textos, y debo decir que rara vez coinciden. Su padre es de las pocas excepciones. Para los primeros, lo valioso es la encuadernación, las ilustraciones, la calidad del papel y de las miniaturas, y, si me apura, su peso y su volumen. Si pudieran, se lo follarían. El contenido, sin embargo, no les interesa lo más mínimo. Les da igual si se trata de *Las Cantigas de Santa María* o de un simple antifonario. Entienden el libro como una pieza decorativa de la que poder presumir; ya sabe, un libro sobre un viejo facistol en el salón le da a uno cierto caché... Para los segundos, en cambio, lo único importante son las palabras, vistan como vistan... Pero no ha venido usted a hablar de libros, por supuesto —se interrumpió Lacunza.

—¿Conocía usted al subinspector Falcón?

El librero asintió.

—Pero eso ya lo sabe.

—¿Qué puede decirme de él?

—Poca cosa.

—Ustedes tenían más o menos la misma edad.

Lacunza dejó caer la cabeza y arrugó los labios.

—Era un solitario. Ya lo era de pequeño.

—¿A qué se refiere?

—A que no se juntaba con nadie.

Corominas pensó que existía más de un motivo para eso; quizás se creía mejor que el resto, o era simplemente un niño retraído. También cabía la posibilidad de que fueran los demás los que le hubieran hecho el vacío, claro.

—¿Y desde que volvió?

—Las personas no cambian —expuso el librero—. ¿Por qué le interesa?

—Trato de hacerme una idea de cómo era.

Lacunza se limitó a asentir de nuevo. Lo hacía como un cura, con gesto leve, pero afectado.

—Entonces, no tenían ningún tipo de relación... ¿Tampoco comercial?

—Antonio Falcón no era precisamente un lector empedernido, y mucho menos un coleccionista. No tenía gusto para estas cosas.

Corominas pensó en qué categoría lo situaría a él de no saber quién era su padre. Probablemente en la de los palurdos, como al municipal.

—Le seré sincero, señor Lacunza —señaló al tiempo que desplazaba su peso de una pierna a la otra; le escocían las partes—. Hace dos años, alguien acusó al subinspector de cobrar a los comerciantes de este barrio.

Si la revelación lo había pillado por sorpresa, el librero ni se inmutó. Era pura escarcha.

—Lo siento, inspector, pero no acabo de comprenderle. Por lo que a mí respecta, Falcón hizo un trabajo excelente —soltó sin pestañear. Era lo suficientemente listo como para saber que, si lo admitía, cargaba con un móvil—. Verá —añadió al instante, con rostro serio—: cuando la fábrica cerró, el barrio se desangró poco a poco y algunos buscaron una alternativa de futuro en ciertas actividades, ya me entiende. Pero todo eso cambió con la llegada del subinspector.

O el tipo que tenía parado enfrente era un cínico de campeonato, o un De Niro de los pies a la cabeza, pensó Corominas.

—¿Y qué pasó?

Ante la mirada inexpresiva del librero, el inspector concretó:

—Con la fábrica.

Durruti le había dicho que hurgara en esa herida, así que, en cuanto Lacunza abrió una grieta, aprovechó para meter el dedo hasta el fondo como santo Tomás.

—Recortes, supongo.

—Tengo entendido que el padre del subinspector era el presidente del comité de empresa por aquella época.

—¿Por qué le interesa esa vieja historia?

—Porque el pasado siempre nos revela cosas del presente.

—Estoy de acuerdo —concedió el librero—. Pero no veo qué relación puede haber.

—Yo no he dicho que la hubiera —replicó Corominas.

Fue el único momento en que a Lacunza se le entornaron los ojos. El policía que tenía enfrente cavaba en busca de algo y no le gustaba un pelo.

Agotada la veta, el inspector probó suerte por otro lado.

—¿Y qué puede decirme de Mauricio Jiménez?

—Tiró por el camino fácil, pero estoy convencido de que aprendió la lección. Aunque, como le he dicho, la gente no cambia. ¿Creen que tiene algo que ver?

—Yo solo creo en las pruebas. Su amigo Mendes, en cambio, parece convencido de su culpabilidad.

—No le digo ni que sí ni que no. Todo el mundo en este barrio sabe que Antonio Falcón no era santo de la devoción de Mauri. Pero de ahí a lo otro, no sabría decirle.

Lacunza hizo una pausa y tomó aire. Corominas había recuperado el mando y quería darle un giro.

—¿Puedo preguntarle algo?

—Adelante —concedió el inspector.

—Parece convencido de que el culpable es uno de nosotros. ¿Por qué? Me cuesta creer que alguien de este barrio sea capaz de algo así. Somos gente de bien, honrada.

—La gente honrada es capaz de muchas cosas.

—Quiero decir que somos gente humilde. Aquí, quien

más quien menos ha sufrido lo suyo y bastante tiene con ir tirando. Entiendo que usted está condenado a ver lo peor de las personas, pero a mí me cuesta admitir que alguien a quien conozco haya sido capaz de asesinar a un hombre de semejante modo. Aún confío.

Corominas sintió el impulso de preguntarle qué era aquello en lo que aún confiaba, si en la mudable y cainita naturaleza humana o en otra cosa, pero se mordió las ganas.

—Curioso —soltó en su lugar.

El librero calibró el comentario mientras contraía débilmente las cejas.

—¿Qué es lo que le parece tan curioso?

—Que un hombre de libros como usted aún crea. Si hay algo de lo que hemos dado sobrado testimonio a lo largo de la historia es de nuestra sociopatía como especie. Los libros son el mejor derrotero del comportamiento humano.

El comentario pilló a Lacunza desprevenido; o bien no tenía nada que decir al respecto, así que la situación quedó en pausa. Hasta que Corominas remató el interrogatorio:

—Dígame, ¿dónde estaba usted la noche del asesinato?

—En casa. Mi mujer y mi hijo se lo confirmarán.

Estaba convencido de que su coartada sería igual de cierta que las de Mendes, Mauricio Jiménez y el resto de honrados miembros de la Asociación de Comerciantes de San Marcial. Empezaba a pensar que todas las almas de aquel barrio tenían su correspondiente *alibí*.

Hasta el momento, no tenían otra cosa que un conjunto de dimes y diretes, una vieja pistola que no los llevaba a ningún lado y una investigación cerrada por exceso de tufo. Necesitaban algo con lo que poder presionar.

Mientras regresaban al coche, Corominas cayó en la cuenta de que había enfocado mal la pesquisa. Si Falcón se sacaba un sobresueldo, era probable que llevara algún tipo de contabilidad en A, en B o en Z. Era el único modo de poder demostrar la extorsión; si encontraba el dinero, el resto vendría solo.

—¿Tenemos la dirección del piso de Falcón?

Agüero sacó su libreta de notas y buscó el dato.

—Ave María, 18.

—Eso queda en el centro, ¿no?

—Es una paralela a la calle Mayor —acotó el subinspector—. ¿Por?

—Solo se me ocurre un modo de demostrar que la historia de la extorsión es cierta…

—Encontrando la pasta.

—Bingo.

—¿No necesitamos orden para un registro?

No estaba la cosa como para tener que razonar ante el juez que sospechaban que el finado tenía un expediente delictivo de lo más prolífico. Sabía que remitir un documento a un juzgado era como aventar el asunto a los cuatro vientos.

—De momento, mejor que quede entre nosotros. Luego ya veremos.

—Tú decides —se limitó a señalar Agüero con cierta sorpresa.

—Otra cosa: voy a invitar a Pedregosa a la fiesta.

Esta vez, el subinspector le expresó su desacuerdo con el ceño crispado.

—Fue él quien nos pasó el informe del homicidio de Urrutia. Cortesía debida.

—Me parece bien, siempre que no nos joda.

—Diría que está en vías de conversión —señaló Corominas—. Quizás esto lo ayude.

Si Falcón había amasado una pequeña fortuna en sus años de matón cuentapropista, nadie lo diría. El piso era más bien modesto. Las paredes lucían un empapelado demodé de hojas de acanto marrón y crema con una gran mancha de humedad en la que un necesitado podría encontrar la cara de Cristo o la de Karl Marx, según religiones. El lamparón se había abierto paso a través de la vegetación clásica y amenazaba con engullir el cuarto entero si nadie le ponía remedio, algo que ya no iba a suceder.

Los muebles parecían formar parte de un viejo ajuar de posguerra, una mesa de comedor con sillas de tapizado barato, una vitrina llena de porcelanas y cristalería, también de baratillo, una consola baja, una estantería con portezuela abatible que escondía un bar —seco—, un sofá grana de dos plazas y una araña de techo churrigueresca con lágrimas de cristal de pega.

El televisor era un viejo armatoste de tubo catódico, nada que ver con las pantallas finas como sellos que se estilaban cada vez más. Corominas no soportaba la preocupación creciente por que los nuevos electrodomésticos parecieran de todo menos lo que eran.

En una de las baldas localizó los únicos libros de la casa, tres novelas de tapa blanda compradas en el quiosco de alguna estación. Sonrió al ver que una de ellas era *Asesinato en el Comité Central*, de Vázquez Montalbán. Curioseó las primeras páginas hasta darse de bruces con una *Nota del Autor*: «Ante la previsible y perversa intención de identificar a los personajes de esta novela con personajes reales, el autor declara que se ha limitado a utilizar arquetipos, aunque reconoce que a veces los personajes reales nos comportamos como arquetipos». «Demasiadas veces», murmuró.

Tenían la esperanza de que el municipal fuera de los que escondían las ganancias bajo el colchón, aunque lo más probable era que, a juzgar por los tiempos que corrían, hubiera optado por el malabarismo financiero, y conocía a la persona adecuada para encargarse de esa tarea, por mucho que el exsubinspector Vázquez fuera a poner el grito en el cielo.

Agüero escudriñaba el dormitorio mientras Pedregosa echaba un vistazo a la cocina. El fregadero estaba lleno de platos abandonados con roña de varios días, la misma que se había asentado con paciencia en las juntas de los azulejos. En el baño tampoco había nada inusual: trastos de afeitar, un cepillo de dientes, omeprazol, primperán, almax, gelocatil y una caja de condones.

La voz de Agüero les llegó desde el dormitorio.

—Aquí.

Corominas y Pedregosa entraron en la habitación. Esperaban verlo con un paquete plastificado de billetes de quinientos, pero lo que el subinspector sostenía en la mano era una pequeña cinta de vídeo. A sus pies, una caja llena de *blockbusters*, o lo que fueran, con fechas escritas a mano en el lomo.

Corominas regresó al salón. Bajo la tele había un reproductor de VHS, un viejo Akai que se abría hacia arriba, y, sobre el aparato, una casete adaptadora:

—¿Sabes cómo va esto?

—Pensaba que tú que vives en la Atenas de Pericles entenderías más de estas cosas —le chinchó Agüero. Después, tomó la cinta y la encajó en el adaptador—. Listo.

La imagen se formó a medida que el tubo se desperezaba. En la pantalla apareció una habitación. Era el dormitorio. El ángulo sugería una cámara sobre un trípode. Sobre la cama había una mujer desnuda e inmóvil, y, tras unos segundos, Falcón entraba en cuadro: era la primera vez que Corominas y Agüero lo veían vivito y coleando.

El municipal estaba en pelotas, el sexo duro. Se acercaba a la cama, se dejaba caer sobre la mujer y la penetraba sin miramientos. Corominas trató de descifrar si la forzaba o aquello era algo consentido. La mujer no se resistía; simplemente, esperaba a que todo terminara.

El polvo duró apenas cinco minutos de incesante misionero. Los tres sabían que aquel hombre era Falcón, pero ¿quién era ella? La calidad del vídeo era pésima y la iluminación digna de una película de serie B.

Agüero paró la cinta.

—Hay unas cuantas más.

Corominas se giró hacia el municipal:

—¿La reconoces?

Pedregosa negó con la cabeza.

—Pues habrá que tragárselas todas.

—Tú verás —replicó Agüero—. Pero no creo que el argumento varíe mucho.

—Igual tenemos suerte y se la ve mejor en otra. Lo suficiente para una identificación. O quizás haya más protagonistas —aventuró el municipal.

—Apostaría a que es alguien del barrio —señaló Corominas.

—¿Una de las chicas de Zaira? —especuló Pedregosa.

Corominas meneó la cabeza:

—Ni gime ni se corre como si estallara un castillo de fuegos artificiales. No es una profesional.

—No, si al final vas a tener razón —le concedió Pedregosa.

Habían ido a por una cosa y se daban de bruces con otra. Corominas no sabía a qué atenerse. Faltaba el tirón definitivo que hace que el nudo de la cuerda del mago desaparezca ante el asombro del público.

—¿Y ahora qué? —añadió el municipal a la espera de una indicación sobre cómo proceder. Ellos lo habían metido en aquel lío—. No podemos dejar esto aquí. Ni tampoco sacarlo.

Tenía razón. Si a alguien se le ocurría llevarse las cintas, se quedarían con el culo al aire; aunque de haber querido, pensó Corominas, el asesino las habría destruido nada más acabar con Falcón. Eso suponiendo que ambos asuntos estuvieran conectados. Quizás no tuvieran nada que ver, pero no quería correr riesgos.

—Solo se me ocurre una solución —musitó—. Poneos cómodos.

VI

La librería de Miguel Lacunza amaneció con los escaparates tronchados a pedradas, como los de las tiendas de Jesús Chacón y Fernando Cercas, los del bar de Avelino y los de los recreativos de Pedro Mendes. Una *noche de los cristales rotos* en toda regla. Solo les faltaba el *Maguén David* amarillo trazado a pincel. Otro hecho común a todas ellas era que no faltaba nada de valor en ninguna. No es que escondieran el *oro de Moscú*, pero si alguien hace una razia nocturna en busca de unos euros, pues como mínimo se lleva la caja y el hilo de cobre.

En cuanto se recibió el aviso, Pedregosa sospechó que la *Kristallnacht* tenía que ver con el caso de Antonio Falcón de algún modo.

—¿Seguro que no falta nada?

Lacunza meneó la cabeza de lado a lado.

—¿Y tiene alguna idea de quién puede haber sido? —Pedregosa no esperaba respuesta, pero tenía que preguntar.

El librero tenía sus sospechas —de hecho, estaba seguro de la identidad del culpable—, pero calló. Quizás aquello pudiera ser una oportunidad a la larga. No daba puntada sin hilo.

—Tengo cinco establecimientos reventados a pedradas y en ninguno se han llevado nada. Normal no es —puntualizó el municipal.

Lacunza insistió en su pose.

—Muy bien —se encogió de hombros Pedregosa—. Pues les mantendremos informados.

En cuanto desapareció, Chacón no perdió la ocasión y asomó con el cabreo rebosando por sus fauces. Había estado esperando la oportunidad para descargar su ira y ya no podía más.

—¿Qué coño ha pasado?

—Que igual hemos subestimado al chaval.

Fernando Cercas y Avelino tampoco tardaron en dejarse ver. Ambos traían el cabreo a flor de piel.

—Esto se está saliendo de madre —dijo el dueño del bar.

—El gilipollas este se cree que puede intimidarnos —bramó el otro, al que la carótida le palpitaba bajo la epidermis como una pitón engullendo el almuerzo—. Porque ha sido él, seguro: hay que darle un escarmiento ya.

—El chico está asustado, nada más —expuso Lacunza.

—Pues me toca los cojones.

—No os preocupéis. Yo me encargo.

—Tú siempre te encargas, pero las cosas van de mal en peor.

Miguel Lacunza percibió que se le empezaba a rebelar la tropa, así que decidió zanjar el motín allí mismo.

—¿Quién ha solucionado los problemas cada vez que habéis venido llorando? —Los miró uno a uno.

Chacón se desinfló al instante, como el resto.

—Pues esta vez no será diferente —remató el librero.

Javier oyó a su madre trastear en la habitación a través de la pared y miró su reloj. Las diez. Decidió levantarse, se duchó a toda prisa y salió de casa sin desayunar.

Jon se balanceaba en el columpio con la parsimonia del deber cumplido. En el cielo, azul de catálogo tras la borrasca, las estelas de varios aviones se entrecortaban urdiendo una trama blanca que aumentaba en complejidad a cada vuelo. Los sábados eran días de mucho tráfico.

—Sé de algunos que se habrán despertado de muy mala hostia —dijo al verlo llegar.

Javier se sentó a su lado y le cogió el ritmo.

—No sé si ha sido buena idea.

—Si quieres mover una montaña, usas dinamita, chaval —respondió Jon—. De eso se trata, ¿no? Además, no tienes de qué preocuparte.

Así lo había decidido la noche anterior: «Tú te vas a casa y te quedas allí, que yo me encargo de todo. Si por lo que sea se les ocurre señalarte, pues tienes coartada». Ahora solo les quedaba esperar.

Javier se agarró a las cadenas y se propulsó con fuerza. El momento que más le gustaba era cuando, tras rozar el firmamento con las puntas de los pies, regresaba hacia atrás y quedaba suspendido en el aire, como si la gravedad dejara de regir por un instante.

Al rato sintió que su vaivén se había quedado huérfano y miró a Jon, que llevaba un rato con las suelas pegadas al suelo. Algo le preocupaba.

Poco a poco, frenó hasta detenerse del todo.

—¿Qué pasa?

—Hay algo que no deja de darme vueltas...

—¿El qué?

—¿Has leído el periódico de hoy?

Javier le confirmó que no con la cabeza.

—¿Por?

Había sucedido lo que tenía que suceder, que alguien había filtrado el informe del forense a un cronista de lo macabro y la emasculación del municipal ocupaba la primera página del *Noticias de Ofidia*. De haber tenido una foto, los testículos sajados de Falcón se hubieran convertido en *trending topic*.

—Dice que a Falcón le cortaron los huevos.

—¿De qué coño me estás hablando?

—Lo que oyes.

Javier adquirió la rigidez de la mujer de Lot mientras escondía su mano derecha como si todo el mundo lo observara.

—¡Yo no fui!

Jon, que había dudado por un instante, trató de centrarse.

—Entonces es que había alguien más.

La revelación hizo que a Javier le entrara el canguelo. Alguien lo había visto destripar al municipal y había esperado su oportunidad para profanar el cadáver. ¿Por qué?

—¿Tenías algún motivo para hacerlo?

—¡Ya te he dicho que no!

—Me refiero a que si la cosa tiene algún sentido para ti, no sé... ¿Te relaciona eso con Falcón de algún modo?

—¿El qué, cortarle los huevos?

—Premio. Porque si es que sí, eso quiere decir que tenías otro motivo además del que tú y yo sabemos para cargártelo. ¿Lo pillas?

Javier empezó a caer en la cuenta. Alguien le había tendido una trampa para asegurarse de que, en caso de piar, la policía no le creyera ni media sílaba. Pero ¿por qué precisamente el paquete?

—Diría que te han jodido pero bien, tío —farfulló Jon.

Pero su amigo ya no le prestaba atención. Por más vueltas que le daba, era incapaz de dar con nada que lo relacionara con el hombre al que había matado. Ni siquiera habían cruzado una palabra en la vida hasta aquella misma noche: ¿qué motivo iba a tener un chaval de catorce años para liquidarlo y dejarlo sin huevos?

El *flash* le vino de sopetón. «Eres el hijo de Rebeca, ¿verdad? Eres tan inútil como tu padre.» Javier no conocía a

Antonio Falcón, pero el municipal parecía saber perfectamente quiénes eran él, su madre y su padre. ¿De qué cojones iba todo aquello?

VII

La mañana era de película, así que Corominas decidió llevarse a Álvaro a desayunar para tener una conversación de padre a hijo, y, de paso, catar un pedazo de tarta de chocolate del Austria, un quiosco de cuadro de Caspar David Friedrich plantado en medio de uno de los parques de la ciudad. Eran dos lujos que no podía permitirse a menudo y pensaba sacarles toda la tajada posible.

Algún viandante confiado había decidido dejar el abrigo en casa y salir en mangas de camisa. «Foráneo», pensó Corominas, fenómeno creciente que no acababa de entender en una ciudad como aquella. Todo autóctono sabía que Ofidia tenía solo dos estaciones, invierno y verano, y un único atractivo: sus fiestas patronales. Alzó la vista y descubrió una horda de nubes mastodónticas avanzando por el oeste; vándalos, suevos o alanos —quizás hasta una brutal partida de hunos— dispuestos a descargar su furia sin piedad. Miró su reloj y apostó por la tormenta en media hora.

Habían quedado en reunirse con Laura para comer en casa de su padre. Reyes iba a preparar un arroz con bogavante, uno de sus platos favoritos. No es que la mujer tuviera una fórmula secreta —el inspector la había espiado sin éxito en más de una ocasión—, simplemente, le salía perfecto. «El tipo de azafrán —le insistía la mujer—. No es otra cosa.» Pero Corominas compró la misma marca y no hubo manera. Cada alquimista oculta su fórmula.

Al llegar a la cafetería, Álvaro y él intercambiaron miradas. Aunque el dueño había aprovechado para montar la terraza en un arrebato de euforia, Corominas prefirió no arriesgarse. El enemigo estaba cada vez más cerca y ya había comenzado a amenazar al pálido sol de invierno.

Entraron y buscaron una mesa apartada. No fue difícil. El local estaba vacío, a excepción de un hombre con aspecto de lord inglés enfrascado en el *ABC* y una pareja que no se había acostado aún y se juraba amor eterno mientras el alcohol aún corría por sus venas; después ya se vería.

—¿Por qué actor?

—Porque me gusta —fue la respuesta obvia.

—Menos mal —deslizó Corominas, socarrón.

—Sí, me gusta —se defendió Álvaro—. ¿A cuánta gente conoces que odia su curro?

«A unos cuantos», pensó Corominas mientras repasaba el número de policías con vocación legítima a los que conocía, o creía conocer. Para su tranquilidad, la lista fue más larga de lo esperado. También era consciente de que a otros muchos la ilusión se les había ido al garete hacía tiempo. Es lo que tiene el roce diario con la mierda, trató de justificarlos.

—Muy bien, te gusta —señaló—. Pero habrá algo más.

—Quiero cambiar las cosas —añadió su hijo, algo azorado.

Corominas dudó sobre si estaba preparado para escuchar a su padre decir que las cosas no cambian por mucho que uno se empeñe. Todo se resiste a la mutación con uñas y dientes, y la cantidad de fuerza necesaria para romper esa querencia es ingente, hasta el punto de que, en la mayoría de ocasiones, uno acaba reducido a cenizas por combustión interna.

El cambio tiene que ver con el miedo, y, para lograrlo, se necesita un Sísifo dispuesto a empujar una y otra vez la maldita roca cuesta arriba. «Solo hay dos cosas que pueden vencer al miedo —le había dicho su padre en una ocasión—: un miedo superior o la total ausencia de él. Las revoluciones estallan cuando la gente ya no tiene nada que perder. Porque una cosa es vivir, y, otra bien distinta, malvivir.»

—¿Qué exactamente? —se limitó a preguntar.

—No lo sé, papá... Las cosas —titubeó Álvaro a la defensiva—. No te preocupes, no me chupo el dedo, ¿vale? Pero los que piensan que no se puede hacer nada, pues acaban por no hacerlo. Yo no quiero eso.

Corominas lo observó. Su duda se había convertido en determinación.

—Y no me vengas con eso de que no se puede —añadió su retoño de corrillo—, porque no te lo crees ni tú.

Al ver el gesto de pasmo en la cara de su padre, Álvaro alzó el estoque, encogió la muleta y entró a matar.

—¿De qué te sorprendes? Me has educado para ser un creyente, así que ahora, apechuga.

El móvil arrasó el momento sin contemplaciones. Ambos permanecieron impávidos mientras *sir lo que fuera* doblaba una de las puntas del periódico y los fulminaba con la mirada. Hasta que el hijo claudicó e hizo un gesto al padre para que respondiera.

La ristra de números correspondían al teléfono de Agüero —aún no había aprendido, o no había querido hacerlo, a usar la agenda, mientras que el subinspector almacenaba ligues por fotos—, así que sabía que la cosa era importante. Pero no pudo evitar que el chocolate mezclado con la capa de mermelada de frambuesa se le cortara en el estómago. Hacía mucho tiempo que no tenía un rato a solas con su hijo, y era consciente de que cada vez sería más difícil.

—Siento molestarte, Hero, pero la cosa es importante —se disculpó Agüero.

—Más te vale.

—Alguien ha apedreado los locales de Lacunza *and friends*. Y no se han llevado nada.

—Se ha encargado la Municipal, supongo.

—Afirmativo.

—Contacto con Pedregosa y te llamo.

La cosa encajaba del todo. Solo quedaba por resolver quién era el autor material de los hechos. El angelito que se había cargado al municipal tenía, además del mercantil, un motivo particular, de modo que había aprovechado la coyuntura para saldar con él su deuda de cama. Ahí es donde entraba la mujer de los vídeos.

Se habían pasado toda la tarde del viernes pegados al televisor, un polvo tras otro, hasta que, en una de las grabaciones, la protagonista se incorporaba fugazmente después de la faena. Entre cuarenta y cincuenta, atractiva, pero algo ajada. Melena oscura, labios llenos, mirada triste y patas de araña.

—Ahí va una teoría —expuso Pedregosa—: Falcón se tira a la mujer de uno de los comerciantes, el hombre se entera y aprovecha para matar dos pájaros de un tiro.

—Folla él, ella aguanta estoicamente —replicó el subinspector, que en cuestión de mujeres era una autoridad.

—Solo hay que probarlo —sentenció Corominas.

Pedregosa respondió al primer tono. Se ve que tenía el teléfono en la mano.

—Iba a llamarte.

—¿Qué te dice el instinto?

—Pues que algunos se han pasado de listos —aventuró—. Pero, a veces, lo obvio no es tan obvio.

—¿Has hablado con ellos?

—Que si no tienen ni idea de quién puede haber sido, que en ese maravilloso rincón del mundo todos son buenos vecinos… La canción de siempre.

Corominas meneó la cabeza en sentido afirmativo, aunque Pedregosa no pudiera verlo.

—¿Alguna coincidencia con la mujer? —cambió de tema el municipal.

Agüero había capturado una imagen suya con el móvil para compararla con fotos de las señoras de Lacunza, Chacón y Cercas. La de Avelino había puesto pies en polvorosa hacía tiempo, hasta los ovarios de una vida atada a la barra de un bar. En cuanto a la de Pedro Mendes, la habían descartado al instante al recordar la bata con la que tapaba sus carnes flácidas al abrirles la puerta de su casa días antes.

—Nada.

En cuanto colgó, buscó la aprobación de Álvaro para realizar una última llamada, pero descubrió que su hijo se había sumergido hasta la nuez en las corruptelas que traía el periódico. El momento estaba roto. Corominas se sintió hastiado. Había llegado a odiar su trabajo a ratos, pero justo en aquel instante, en aquella caseta de cuento que servía la mejor tarta de chocolate de Ofidia, tuvo ganas de mandarlo todo a hacer gárgaras de verdad por primera vez.

Marcó el móvil del subinspector y se pegó el teléfono a la oreja mientras se juraba que aquella iba a ser la última llamada del día.

—No podemos hacer mucho más hasta el lunes —soltó sin esperar respuesta—. Pásame una copia de la foto en cuanto puedas y listo.

Corominas apagó el teléfono y se lo metió en el bolsillo. Justo en aquel instante, la primera gota de aguanieve se pegó al cristal.

Reyes abrió la puerta y los tres supieron que la cosa no iba bien. El olor del arroz escapó por el quicio junto a su semblante atribulado, y a Corominas se le juntó la alegría gástrica con la congoja del alma.

—Está descansando —les susurró—. No se encontraba bien, pero me ha dicho que lo despertara en cuanto llegarais.

Su mirada se posó en la del inspector mientras les franqueaba el paso. «No queda nada», le dijo sin decir.

Su padre yacía sobre su butaca de cuero, más féretro que sillón. Había decidido morir en casa. «El sistema nos ingresa única y exclusivamente para su comodidad. Nadie que pueda escoger debería morir en un hospital. Morir es algo íntimo, y esas cosas uno las hace en su casa.»

El ilustre catedrático abrió los ojos al escuchar trajín en el salón.

—Llegáis tarde —dijo con ganas de gresca, casi ridículas con su hilo de voz—. En esta casa se come a la una y media, que es el único horario civilizado.

Había adoptado aquella costumbre durante sus cinco años de doctorado en Oxford, convirtiendo a Corominas en el hazmerreír de sus amigos de infancia, que le levantaban el meñique cada vez que su madre lo reclamaba para comer en pleno partido o refriega entre indios y vaqueros. A cambio, el inspector se podía meter antes que ninguno en la piscina, aunque no tuviera con quien bañarse.

Al ver cómo lo miraban, les regaló una mueca:

—*Acta est fabula.*

Reyes lo ayudó a ponerse en pie y alcanzar la mesa con la bombona de oxígeno a rastras. Corominas casi pudo escuchar el tintineo de sus huesos; no le quedaban ni un gramo de grasa ni de músculo. En cuanto se dejó caer en la silla, tamborileó sobre el asiento contiguo para indicar a su nieto que ocupara el lugar habitualmente destinado a su padre.

—Hoy es tu día.

Álvaro buscó alguna explicación en los ojos de Corominas, que se limitó a devolverle el gesto sin darse cuenta de que Laura lo escrutaba. Por una vez, el señalado por el linier con la banderola en alto no era él.

—Reyes, trae el libro, por favor.

La mujer se dirigió a la estantería, desplazó la puerta de

cristal y cogió el ejemplar de la *Ilíada* de «Rihei» con cierta veneración. En el poco tiempo que habían convivido juntos, el ilustre catedrático le había logrado transmitir el respeto por los libros, por su belleza exterior y su relevancia interior. Era la segunda vez en toda su vida que Corominas lo veía salir de su jaula.

Lo depositó sobre la mesa ante la mirada atenta de Álvaro, que sabía perfectamente lo que aquella encuadernación significaba: el tesoro nacional de los Corominas.

—Ábrelo. No muerde —sonrió su abuelo—. Ahora es tuyo.

Álvaro tiró de la tapa y posó sus ojos en la primera página: «OMHPOY», y justo debajo, su traducción latina, «HOMERI. ILIAS SEV POTIVS». La ilustración representaba una especie de ángel con una escuadra en la mano izquierda y una cuerda enmarañada en la derecha, que bien podían ser unas riendas rematadas por un bocado. Al fijarse detenidamente reparó en que la figura alada lucía las tetas al aire y adelantaba la pierna derecha como una modelo de la tele. «*Cum gratia et privilegio Casareo. Argentorati. Excudebat Theodofius Rihelius.*»

—¿De qué va esto? —quiso saber Laura.

—Es justo que Agamenón herede a Agamenón —respondió su suegro—. Un incomprendido, el pobre Agamenón —añadió al instante.

Tras un nuevo gesto, Reyes salió de la habitación y regresó con una caja de madera cubierta con láminas de oro y plata. Corominas la reconoció enseguida. Era el joyero de su madre, una reproducción de una arqueta funeraria micénica que se conservaba en el Museo Arqueológico Nacional de Atenas.

Laura se quedó pasmada al ver que Reyes la dejaba frente a ella. Dirigió una mirada interrogativa a su suegro.

—Son las joyas de mi mujer. Era como tú, no le gustaban

mucho, pero a veces los maridos tenemos poca imaginación. O poca memoria y excesiva prisa.

Aunque Laura no la había conocido en vida, formaba tan parte de ella como de la de su marido. Su fantasma, más bien. Las cosas que Corominas le había contado de su madre y su rostro en las fotos le habían creado una imagen nítida, hasta el punto de tener consciencia de ella.

—No puedo aceptarlas.

—Claro que puedes —replicó su suegro—. Una de las pocas prerrogativas que nos quedan a los muertos es hacer cumplir nuestra santa voluntad.

Reyes le tapó la boca con la mascarilla y lo ayudó a recuperar el aliento.

—He dispuesto que mi nieto herede este piso y que tú te quedes con las cosas que quedan de mi mujer. Puedes guardarlas o venderlas, ahora son tuyas.

Finalmente, posó su mirada, tan cansada como su cuerpo, sobre su hijo. Corominas le respondió con una simple caída de párpados. Estaba claro que ambos habían hablado y todo estaba sellado. Álvaro estaba atónito: acababa de caerle encima un piso que sería la envidia de sus amigos. A diferencia de para su padre, para él era un lujo libre de espectros, recuerdos y de hipoteca.

—Ya puedes servir esa maravilla tuya —comunicó a Reyes el ilustre catedrático—. No se vaya a pasar el arroz.

ACTO CUARTO

El rayo latente

I

La nevada dominical fue de órdago y coaguló en un santiamén. Lo bueno de que el cielo se desplome en el día del Señor es que uno puede disfrutar del espectáculo desde el calor del burladero. Aunque Corominas decidió rivalizar con la ventisca por un instante para salir a por la prensa: el *Diario de Ofidia*, que era el que uno debía ojear para estar al tanto de los aires que emanaban de los despachos del poder, y el *Ofidia Hoy*, que concitaba las erinias de la oposición por si alguna se cobraba alguna presa.

Los dimes y diretes de unos y otros no le interesaban lo más mínimo, pero la filtración del día anterior le había puesto de mala leche. Habían ocultado deliberadamente el detalle de la emasculación para deshacerse de falsas confesiones y testigos con afán de protagonismo, y ahora todo hijo de vecino estaba al tanto. Eso sí, el tema habría hecho las delicias de los más morbosos y de algún que otro amante de la teoría de la conspiración.

Mientras tomaba un té y un cruasán en el bar de debajo de su casa —desayunar solo los domingos era una costumbre que no había sacrificado en las capitulaciones matrimoniales—, se dedicó a leer las teorías sobre el caso. Lo que realmente quería comprobar era si la investigación llevada a cabo por la Guardia Civil hacía dos años se había colado también por alguna rendija. De ser así, la cosa se iba a poner fea de verdad.

Durruti le había prometido voto de silencio trapense, pero

el pacto incluía solo su página web. Quizás había sucumbido a la tentación de reverdecer viejos laureles y demostrarle al puñado de lampiños que lo habían dado por muerto que un periodista de verdad se hace en la calle. Pero el hombre había mantenido su palabra. De no haberlo hecho, habría sido la primera vez, reconoció Corominas para hacerle justicia.

El asunto de la comida del día anterior no surgió hasta la cama, donde se tratan los asuntos de estado de un matrimonio.

—¿Y a ti qué te toca? —quiso saber Laura.

—Lo que me haya dejado mi padre es algo entre él y yo —se limitó a responder Corominas—. En cuanto a lo del piso, Álvaro no podrá usarlo hasta los veintiuno, así que estate tranquila.

Su mujer estuvo a punto de replicarle que, de tranquila, nada. El niño era aún un crío de teta, y lo seguiría siendo a los veintiuno. «Si por ti fuera —rumió Corominas para sus adentros—, ostentará esa condición hasta que cumpla el medio siglo.» Aunque tuvo que reconocer que compartía su miedo. En estricto silencio, eso sí.

—Ya ves: la madre activista y al hijo le cae un *pisazo* de golpe. Me pregunto cómo quedará eso en tu expediente revolucionario…

Laura lo pulverizó con la mirada.

—Pensaba que ibas a respetar los acuerdos del armisticio.

Corominas se arrepintió nada más abrir la boca, pero el subconsciente ya se había salido con la suya.

—Lo que digo es que no por llevar uniforme somos todos iguales.

Laura comprendió al instante a qué se refería, pero decidió tensar un poco la cuerda por si su marido se enredaba fatalmente.

—¿De qué me estás hablando?

—De que todo es cada vez más sectario. Ahora, si perteneces a un colectivo, se supone que debes cargar con todo el maldito ideario. Si eres de derechas, tienes que ser creyente, neoliberal, antiabortista, renegar del matrimonio gay, votar al PP y pensar que cualquier tiempo pasado fue mejor. ¿Que eres de izquierdas? Pues aborto libre, 15M, ecologista, pro eutanasia, republicano, anticlerical y no sé cuántas cosas más. Y si no cumples, ya sabes: o anarquista o fascista. ¿Qué coño ha pasado con el derecho a la discrepancia?

—¿Discrepar? ¿Desde cuándo ha tenido el hombre derecho a eso? —exclamó Laura, sarcástica—. Cuando a uno le da por tener criterio propio, cariño, no le sirves a nadie.

Corominas era consciente de que tenía razón. El precio que uno paga por no pertenecer a ninguna manada son la soledad y el escarnio.

—¿Qué ha pasado al final con la dueña de la tienda? —terció. Su interés era sincero.

—La Caja se ha quedado la casa. Hemos pedido al Ayuntamiento una vivienda social, pero si tenemos que esperar a que muevan un dedo, estamos apañados. Hay dinero para que sus señorías cobren dietas por sentar el culo en el Consejo, pero no para otras cosas, ya ves.

—¿Y?

—Pues que Alba, una mujer del grupo, se ha ofrecido a que se instale con ella hasta ver qué pasa.

«Alba, el nombre adecuado para un ángel», pensó mientras trataba de adivinar si sería capaz de dar un paso semejante. Al comprobar que albergaba una tonelada de dudas, sintió vértigo. Y vergüenza. Apartó el pensamiento de un manotazo y apagó la luz de su mesilla, enfadado por su propia debilidad. La distancia entre los principios de boquilla y las convicciones es generalmente abisal.

El manto blanco que tapizaba la ciudad se mantuvo intachable hasta el inicio de la nueva jornada. Corominas optó de nuevo por ir a pie, a pesar de que el termómetro advertía del peligro a los viandantes suicidas. Tenía una visita pendiente antes de encerrarse en la cálida tranquilidad de su despacho.

—Necesito hablar con Bego.

Vázquez enarcó la ceja izquierda.

—A mi hija no la metas en líos, inspector, que te conozco. Bastante tiene con el padre.

—En eso te doy la razón —concedió Corominas—. Necesito que eche un vistazo a unas cuentas. La podría haber llamado directamente, pero estoy chapado a la antigua, ya ves.

—¿Las de Falcón?

—Entre otras.

—¿No tenemos gente para eso o qué? —Vázquez protegía a su cachorro.

—Tenemos. Pero digamos que quiero que la cosa quede en familia, de momento. En cuanto llegue la orden, el asunto se hará oficial y no sé hasta dónde nos dejarán meter el hocico.

—La madre que te parió, Hero. A ver si me la van a *entrullar* por tu culpa. Te costará algo, ya sabes.

—¿Y a quién le paso la factura, al padre o a la hija?

—Empieza a rajar —respondió Vázquez mientras acompañaba el verbo con la mano en forma de pico.

Corominas sopesó la oportunidad de contarle lo que sabía. La mitad de los cuerpos y fuerzas de seguridad de Ofidia —los que tenían el gusto atrofiado— eran clientes del Biscuter, y Vázquez no era de los que sabía guardar un secreto. Su expresión favorita antes de soltarte la vida y milagros de cualquiera era: «En confianza, ¿eh?». Luego piaba hasta la afonía.

—Tú lo has dicho, subinspector. Nos conocemos. Si hay algo, te prometo que serás el primero en saberlo.

Corominas dejó a Vázquez con el morro magullado y se

dirigió a comisaría. En cuanto sentó el culo, sacó una agenda del cajón y buscó el número de Begoña Vázquez:

—Hola, Bego. Soy Corominas.

—Dichosos los oídos —respondió la mujer—. Estoy algo liada, así que puedes dejar las formalidades para más tarde —añadió con una sonrisa en la voz.

—Necesito tu ayuda.

—¿Y en qué puedo contribuir yo al azote de los malos?

Corominas la conocía desde pequeña y, en una ocasión, ella le había soltado aquella fórmula tras escucharla en alguna película de la tele.

—Arquitectura financiera.

—Si puedes, pásate por mi oficina sobre las doce, tengo un rato libre.

—Gracias —dijo mientras colgaba y encendía el ordenador.

Algo le rondaba desde su visita al piso de Falcón. En cuanto la máquina estuvo lista, se conectó al Registro de la Propiedad. Tecleó el nombre del municipal y la dirección del piso en el campo de búsqueda y, justo antes de clicar, sus ojos se detuvieron en la casilla del importe: 20,76 euros.

—La madre que los parió. Al final nos privatizarán hasta el aire.

Buscó el teléfono fijo de la oficina y llamó:

—Buenos días, soy el inspector Herodoto Corominas, de la Policía Nacional. Deseo solicitar información sobre un piso.

—Puede usted hacerlo a través de nuestra página web —respondió su interlocutor.

—Puedo. Pero no estoy dispuesto a pagar veinte euros para obtener una información que es pública.

—En ese caso, estoy segura de que ustedes tendrán otros cauces —se limitó a informarlo la voz—. ¿Puedo ayudarle en algo más?

Corominas colgó antes de que se le escapara algún juramento. Tenía otros cauces, efectivamente, pero supondrían preguntas, que era justo lo que no quería, de modo que solicitó la «nota simple» y sacó su tarjeta de crédito. Lo que le interesaba realmente no era la titularidad del piso —eso ya lo había comprobado Agüero—, sino el cuándo. Tenía una sospecha y necesitaba confirmarla.

En cuanto la web le resolvió la duda, sacó el móvil e hizo una nueva llamada.

—Estoy en el despacho.

Agüero apareció a los cinco minutos.

—Un rayo latente —le soltó sin darle tiempo a instalarse.

—¿Un qué? —exclamó el subinspector, desubicado.

—¿Sabes lo que es?

—Ni idea.

—En algunas tormentas, los rayos alcanzan los árboles sin prenderles fuego. El calor se queda atrapado dentro del tronco y se alimenta durante horas, a veces días. Hasta que la llama brota y arranca el incendio.

Agüero seguía las palabras, pero no el razonamiento.

—Según el Registro, Antonio Falcón compró el piso de Ave María hace justo diez años.

—¿Y?

—Que lo hizo a los pocos días del accidente de su padre, como si tuviera prisa.

—No te sigo.

—Algo me dice que estaba convencido de que la cosa no había tenido nada que ver con la mala suerte.

«Eres idiota, inspector», murmuró para sí. Antonio Falcón se estaba vengando de todo el barrio por lo criminal y, al igual que habían hecho con el progenitor, las fuerzas vivas de San Marcial habían decidido darle la extremaunción. Durruti lo había puesto en la pista a su manera y no lo había sabido ver.

—Nadie se larga así de la casa que lo ha visto nacer si no

es por una buena razón. El subinspector creía que su propia gente le había hecho la cama a su viejo.

—Me suena a prehistoria, inspector —objetó Agüero.

—Como un rayo latente. Así funciona el odio, Carlos —replicó Corominas—. Quiero que repases otra vez los informes del accidente. Algo se nos ha pasado.

—¿Para qué escarbas? —protestó Agüero—. Nos basta con saber que los extorsionaba y punto. El resto no es asunto nuestro.

—Las cosas pasan por lo que pasan, subinspector. Todo buen relato tiene un principio.

—A veces pareces más un antropólogo que un policía —exclamó su subordinado.

—Quiero tenerlo todo bien atado, nada más.

II

La asesoría financiera de Begoña Vázquez quedaba en el paseo de los Reyes, a cinco minutos a pie de la comisaría. Corominas salió con el tiempo suficiente para dar un pequeño rodeo. No es que albergara ninguna esperanza de que Durruti fuera a reconocer a la desconocida del vídeo, pero era un modo de mantenerlo al tanto de la investigación. Los pactos entre caballeros duran lo que una de las partes tarda en cansarse de esperar.

Llamó al timbre y esperó soplándose el aliento en las manos.

—¿Sí?

—Corominas.

—¿Quién? —respondió el periodista, que perdía oído a toda mecha.

—Fausto —levantó la voz el inspector.

El timbre eléctrico chasqueó y Corominas se dispuso a trepar por la escalera. No le vendría mal para entrar en calor.

—Esperaba verte con la cara magullada y el rabo entre las piernas —le soltó Durruti en cuanto traspasó el umbral. Frente a él, las dos ediciones dominicales de los periódicos que Corominas se había desayunado el día anterior.

—Algunas cosas van con el oficio. El tuyo y el mío. Vosotros dais, nosotros fajamos.

—Formamos parte del mismo entramado —señaló el periodista—. Aunque algunos os creáis que no.

Corominas sabía de sobra a qué se refería.

—¿Me traes algo o sigues dando palos de ciego? —añadió Durruti.

El inspector se sentó de nuevo en los tomos de la Espasa y se dejó el abrigo puesto. Era una forma de dejarle claro que no pensaba estar mucho rato, para tranquilidad de ambos. Metió la mano en el bolsillo de la chaqueta y sacó el móvil. Buscó la foto que Agüero le había mandado y la seleccionó para que ocupara toda la pantalla.

—¿La conoces?

Durruti sostuvo el celular a un palmo de la cara.

—Puede que sí, puede que no —respondió mientras le devolvía el teléfono.

Corominas entendió que debía dar antes de recibir, así que lo puso al corriente:

—Falcón tenía algún tipo de lío con ella, pero no sabemos quién es.

El periodista dejó caer la cabeza mientras achicaba los labios.

—¿Qué más?

—Accidente o no, estaba convencido de que a su padre lo jodieron. Al poco de pasar, vendió el piso y puso pies en polvorosa —continuó Corominas.

—Les sirvió de poco.

—¿Nadie sospechó en su día?

—Me lo pregunta un madero —profirió el periodista—. Tú mejor que nadie deberías saber que no se trata de la verdad, sino de lo que uno pueda demostrar. ¿Qué te dice el instinto?

—Que la gente del barrio se quitó al padre de encima cuando la cosa se puso fea y Falcón esperó hasta su muerte para regresar y cobrárselo. Y ahora, los mismos que despacharon al progenitor van y finiquitan al hijo —desgranó—. Lo que no acabo de ver es qué papel juega la mujer en todo esto. Ni quién es el autor material de los hechos. Algo no cuadra. Eso sumado a que no disponemos de ninguna prueba de lo que te acabo de contar. Hemos hurgado en las cuentas de Falcón, pero nada. Quizás haya algo en las de Lacunza y compañía, algún pago mensual raro que nos ayude o vete tú a saber.

—Ten cuidado con él —lo advirtió Durruti.

Era la segunda vez que el timbre de su voz cambiaba al referirse al librero.

—¿De qué lo conoces?

—Esta es una ciudad pequeña, y cada día que pasa colapsa un poco más.

Corominas sospechaba que habían tenido algún tipo de encontronazo en el pasado, pero estaba claro que el periodista no estaba por la labor de zambullirse en el recuerdo.

—¿Cómo sabías lo del padre? —aventuró.

—No me interrogues.

—A veces una pregunta es solo eso.

—Hay cosas que es mejor no remover. Sé que de eso entiendes un rato.

Corominas acusó el golpe. El rostro de Durruti se crispó de inmediato, pero no hizo ademán de disculparse. A cambio, le ofreció una compensación.

—Se llama Rebeca Castro. La mujer.

—¿Y eso puedes contármelo? ¿O tampoco? —deslizó el inspector, esta vez con una mano en sus partes blandas por si le tocaba recibir de nuevo.

—Fue novia de Lacunza, en su día.

El inspector frunció el ceño.

—¿Ya se afeitaba o aún no?

—Las cosas del pene no prescriben nunca, deberías saberlo.

—¿Y qué relación tienen ahora?

—Eso te toca averiguarlo a ti. Solo te diré que su marido formaba parte de la Asociación de Comerciantes del barrio.

—¿Formaba?

—Le dio un ictus hará unos años. Es todo lo que sé.

Lejos de ayudar, el periodista le había enredado la madeja un poco más. Quizás ella y el librero habían retomado la relación ahora que el marido estaba incapacitado, Falcón lo había descubierto y les cobraba doble por su silencio, a uno en billetes, a la otra en la cama. Rebeca Castro era una mujer atractiva y, tal como le había dicho Mauri, Falcón era de coños fáciles.

Corominas se despidió y enfiló el pasillo.

—Tenemos un trato, inspector —le recordó Durruti antes de que franqueara la salida y se perdiera escaleras abajo.

El viento le laceró cara y manos en cuanto puso un pie en la calle. Ahí seguía el castaño, inamovible. No sería uno de los inviernos de Ofidia quien acabara con él.

Corominas sorteó como pudo los camiones de reparto que circulaban arriba y abajo como pesados ascensores. Darse un paseo por la parte histórica a aquellas horas era un deporte de riesgo. Cada portal tenía un bar pegado, y allá donde una vieja zapatería o mercería agonizaban, un cartel anunciaba la apertura de un nuevo local de ocio.

En cuanto asomó la cabeza al paseo de los Reyes, se le helaron los mocos. La calle, ancha y con su parte central peatonalizada, era como un túnel de viento. A un extremo se erigía el Parlamento, un edificio de ladrillo rojo y arenisca construido a finales del XIX; al otro, la sede del Gobierno, levantada algunos años antes, un palacio neoclásico famoso por la altura de la secuoya de su jardín y la bajura de sus inquilinos.

Sacó el celular y llamó a Agüero:

—He quedado con la hija de Vázquez a las doce. Te espero en La Catedral.

Un nombre adecuado para el bar con el mejor frito de huevo de toda Ofidia. Ambos solían llenarse el estómago a media mañana con aquella delicia, al menos hasta que a Vázquez le había dado por meterse a hostelero. Si el subinspector hubiera descubierto la infidelidad, su relación habría terminado en el acto. El hombre era exagerado para todo, cuando daba y cuando exigía.

Agüero apareció a los cinco minutos, el tiempo que le llevó acercarse. Corominas lo esperaba con el periódico delante.

—¿Me da tiempo?

—Acabo de pedirme uno. Aún tenemos diez minutos.

El subinspector levantó el índice en dirección al camarero. Allí dentro no había confusión posible: se comía pincho de huevo sí o sí. Si a alguien le daba por pedir cualquier otra cosa, debía asegurarse de señalar bien lo que quería en la barra y soportar el desplante del camarero y la concurrencia.

En cuanto estuvieron servidos, Corominas lo informó de la identidad de la mujer del vídeo. Agüero, que había envuelto el pincho con un montón de servilletas para no abrasarse las yemas, sonrió:

—Algún día tendrás que pasarme esa agenda.

—¿Insinúas que intercambiemos dietarios?

—Eres un hombre casado, inspector.

—¿Y eso? —respondió Corominas con el orgullo tocado.

Agüero lo miró fijamente:

—Eres el segundo hombre más honesto que conozco. Lo curioso del tema es que tú y mi padre no os parecéis en nada más. Pero en lo de la rectitud, dos gotas de agua. Precisamente por eso podéis llegar a ser tan injustos a veces.

El comentario se abrió paso hasta alojarse como una bala junto a la columna del inspector.

—No sé a qué te refieres.

—A que una cosa es ser ecuánime, y, otra bien distinta, ser justo —puntualizó Agüero—. A veces, las circunstancias te obligan a hacer ciertas cosas para conseguir un poco de justicia en esta vida. Pero tú eres más recto que un palo.

Corominas cambió el gesto y miró su reloj.

—Si quisiera un comecocos, me buscaría uno —le atizó. Después, bajó la mirada hasta el huevo rebozado que tenía enfrente: había perdido del todo el apetito.

El subinspector, que ya había dado buena cuenta del suyo, lo rescató del platillo y le hincó el diente antes de que su superior cambiara de opinión. Era el único lujo culinario que se permitía de vez en cuando, una especie de premio por su empeño en mantener una alimentación equilibrada que no echara a perder sus esfuerzos en el gimnasio. Entre bocado y bocado, miró de soslayo a Corominas. Sabía que el comentario no había caído en saco roto, pero le había sorprendido que el inspector no lo hubiera fajado del todo bien. «Así son las verdades», se dijo.

El despacho de Begoña Vázquez quedaba en el portal contiguo al que había sido uno de los restaurantes de mayor postín de la ciudad. Corominas llamó al timbre y alguien les granjeó el paso sin preguntas.

Nada más entrar, una mujer de unos cincuenta, melena oxigenada y pintalabios desbordado sobre una boca contraída por la edad, les preguntó qué deseaban. Agüero se llevó la mano a la chaqueta para mostrar el portacarné, pero Corominas se le adelantó:

—Tenemos cita con la señorita Vázquez.

La mujer descolgó el teléfono y los anunció.

—Ahora viene.

La hija de Vázquez salió de su despacho y taconeó resuelta hacia ellos. La mandíbula de Agüero se aflojó por completo. Begoña Vázquez era una mujer de bandera, como mínimo la que ondeaba en Colón. Por mucho que trató de verle algún resto, no se parecía en nada al padre. «Por fortuna», pensó. Estaba claro que había heredado el gen de la belleza de la madre, que debió de ser una mujer imponente. Eso, o era adoptada.

—Hola, azote —dijo Begoña mientras le plantaba dos besos en las mejillas a Corominas, que no pudo sujetar una sonrisa boba.

En cuanto hubo terminado, posó sus ojos marrón claro en Agüero.

—Te presento al subinspector Carlos Agüero.

Agüero no podía apartar la vista del pequeño lunar que reinaba imponente sobre su labio, justo encima de la comisura izquierda. Al observarlo con más detenimiento, sin embargo, descubrió que no era un antojo, sino un diminuto *piercing*. Aquello acabó de desarmarlo.

—Mucho gusto.

El subinspector ignoró la mano tendida y le plantó dos besos.

—Carlos.

La hija de Vázquez se ruborizó, dio media vuelta y les indicó que la siguieran. Corominas echó una miradita de advertencia a su subordinado: «Cuidado dónde te metes, porque primero tendrás que pasar por encima del cadáver del padre, y, después, del mío».

—¿En qué puedo ayudaros?

—Necesitamos tus sabios consejos.

—No me digas que también te vas a meter a hostelero —soltó con guasa.

—Esta ciudad ya tiene más que suficiente con un madero entre fogones —correspondió Corominas.

—Lo que es la cocina, no la pisa, eso te lo digo yo. Me he encargado bien de ello.

—Pues a ver si también le impones los menús.

—Eso es harina de otro costal, inspector.

Agüero, que permanecía mudo en la esquina, no dejaba de mirarla. Cualquiera diría que se había enamorado.

—Lo que quiero saber es qué harías tú si quisieras esconder cierta cantidad de dinero procedente, digamos, de actividades poco lícitas —indagó Corominas.

—¿Esconderlo? Si lo único que quieres es eso, guárdalo debajo del colchón o entiérralo. El reto no es hacerlo desaparecer, sino lograr que acabe de vuelta limpito y coleando —señaló—. Está el sándwich holandés, por ejemplo: mandas el dinero a Ámsterdam, se transfiere a algún banco de las Antillas holandesas y de ahí regresa a tu cuenta como una patena. O tienes paciencia y te esperas a otra regularización del ministerio, claro.

Corominas no se imaginaba a Falcón metido en un entramado financiero internacional, mucho menos blanqueando la colada vía Hacienda por un módico diez por ciento.

—¿Y algo a nivel más local?

—Depende de la cantidad de la que estemos hablando. ¿Miles, cientos de miles o nos vamos ya a los seis ceros?

—Más bien miles —aventuró. Aunque hacía un cálculo a voleo.

—Pues yo apostaría por la caja de seguridad. Es algo más fiable que el colchón.

El inspector se dio cuenta de que ni siquiera había pensado en esa posibilidad.

—Creía que estaba prohibido guardar efectivo.

—Y lo está —ratificó la hija de Vázquez—. Los titulares y demás autorizados figuran en un listado, pero la cosa es bastante segura. Solo corres peligro en caso de contraer una deuda con la Agencia Tributaria o si te plantan una inspección sorpresa. Aunque nunca sorprenden a nadie, ya me entiendes. Se calcula que hay unos ciento doce millones de billetes de quinientos euros perdidos por ahí, la mayoría en cajas.

—Supongo que no será fácil enterarse de quién tiene una.

—Tengo un amigo en la AEAT. Eso sí, necesito un nombre.

Corominas sopesó si darle la información. No dudaba por ella, sino por el último eslabón de la cadena. Ofidia era Ofidia, un patio de corrala.

—Lo que te puedo asegurar es que no me darán una lista —añadió Begoña, que había intuido la duda—. Pero quizás pueda averiguarte si alguien en concreto tiene una.

—Manuel Falcón Irurzun.

Si reconoció el nombre, y Corominas estaba seguro de que así era, no dijo ni media. Se limitó a apuntarlo en un pósit que pegó en una esquina de la pantalla de su ordenador.

—Máxima discreción, por supuesto.

—¿Con quién te crees que estás hablando? —soltó la mujer con una sonrisa que desarmó por completo a Agüero, que no dejaba de observar cada uno de sus ademanes.

—Si te doy algunos nombres más, ¿podrías echar un ojo a sus cuentas?

—Puedo intentarlo, pero no te prometo nada. Una llega hasta donde llega.

—Con eso me basta, de momento.

III

Antes de regresar al barrio, Corominas llamó a Pedregosa y lo informó de que habían dado con la *starlette* de las cintas. Una vez identificada, el resto había sido fácil. Cosas del Gran Hermano, hubiera apostillado Durruti.

—Me encantaría acompañaros, inspector, pero tengo lío. De todos modos, gracias por llamar.

El sol había decidido salir de su escondite, lo que había provocado que las calles se convirtieran en el mismísimo Amazonas. El agua brotaba a chorretones de la nieve acumulada en aceras y arcenes, y los obesos hombrecillos blancos que llenaban parques, parterres y alguna que otra rotonda perdían masa corporal a marchas forzadas.

Corominas rumiaba cómo abordar la charla con Rebeca Castro. No sabía hasta qué punto podía estar implicada. Quizás se equivocaba del todo y una cosa no tenía que ver con la otra, pero no era de los que creía en las casualidades.

—¿También aquí han puesto zona azul?—protestó Agüero.

Mientras esperaba a que el subinspector diera con el parquímetro, echó un vistazo al portal. Era idéntico al que había asistido a los últimos estertores de Antonio Falcón, incluida la grieta que nacía en la minúscula luz redonda situada sobre su cabeza y rajaba el techo y la pared izquierda en dos como una vieja herida provocada por un terremoto.

—Lo han reventado, así que eso que me ahorro —le comunicó Agüero nada más regresar.

El subinspector, que venía ufano por la pírrica victoria, no se dio cuenta de que metía el pie en uno de los cenotes de la calle y la extremidad se le hundió hasta el tobillo. Al sacarla como si el charco estuviera anegado de ácido, el zapato se le quedó dentro:

—¡Joder, que son unos Barker Black!

—¿Unos qué?

—Uno putos Barker Black Limited —aclaró con la cara desencajada.

—No había oído esa marca en mi vida —se limitó a reseñar Corominas, totalmente ajeno a la magnitud de la tragedia que acababa de presenciar—. Pero llevar zapatos de ante en pleno invierno es lo que tiene.

—De eso se trata —señaló Agüero mientras vaciaba el agua del interior del mocasín recién rescatado—. Si no, no sería una puta marca exclusiva, ¿no?

—Entonces, como un par del mercadillo.

—Solo que estos valen quinientos *pavos*.

Corominas se quedó helado, aunque no pudo evitar sentir que lo invadía una especie de sentimiento de justicia poética.

—Estás de coña, ¿no?

—No me toques los huevos, inspector.

—¿Y cómo puede comprarse un par de esos un madero como tú? Porque gilipollas no eres.

—Existen unas cosas llamadas *outlets*.

—Ya. ¿Y cómo puede un madero como tú gastarse… qué, doscientos pavos en un par de zapatos?

—Uno tiene sus prioridades. Y me gasto el sueldo en lo que me sale de los huevos.

Corominas echó un vistazo a sus pies. Su calzado imitaba unas viejas botas de fútbol italianas de los treinta del siglo pasado. Se los había regalado su mujer dos o tres años atrás. Al inspector le gustaban porque le recordaban las que llevaban los futbolistas que salían en los cromos viejos, esos en los que cada jugador llevaba aún solo el número a la espalda, sin su nombre serigrafiado en grande sobre el dorsal. El día en el que los deportistas comenzaron a personalizar sus camisetas, el espíritu se fue a la mierda y la cosa pasó de ser una cuestión de equipo a una mera y simple guerra de egos.

—Por cierto, que los tuyos valen ciento cuarenta y cinco *pavos*, que lo sepas —lo informó Agüero—. Así que lecciones, las justas.

—Pues tendré que tener cuidado de dónde los meto —se limitó a contestar mientras llamaba al telefonillo del tercero A.

—¿Sí?

—¿Rebeca Castro? —preguntó Corominas con la vista aún fija en sus pies.

—Sí.

—Disculpe que la molestemos. Somos el inspector Corominas y el subinspector Agüero, de la Policía Nacional. Nos gustaría hablar con usted.

Tras unos segundos de duda, en los que Corominas la imaginó cavilar sobre el motivo de su presencia, la puerta se abrió sin más preguntas.

Una cuartilla pegada con celo junto al ascensor advertía de que el aparato estaba averiado. Si hubiera tenido que apostar, lo hubiera hecho por que llevaba así meses, a juzgar por el aspecto ocre y quebradizo de la tira adhesiva que sostenía el aviso.

Rebeca Castro los esperaba parapctada tras la puerta. Nada más verla, ambos se miraron. Era la mujer del vídeo, sin duda. Corominas mostró su identificación, al igual que Agüero.

—¿En qué puedo ayudarles?

—¿Podemos pasar?

—¿Para qué?

Si querían franquear aquella segunda cancela, deberían aportar algo más.

—Nos gustaría hablar con usted sobre la muerte del subinspector Falcón.

—No veo en qué podría ayudarles. Apenas lo conocía.

Parecía mucho más cansada que en los vídeos, como si

le hubiera caído un lustro encima a lo largo de la última semana. Llevaba puesta una bata de estar por casa, el pelo revuelto y aplastado por la coronilla y la cara limpia de maquillaje. Aun así, su belleza descollaba.

—Hemos visto los vídeos —anunció Corominas.

Ambos percibieron cómo la mujer se violentaba. Aquellos dos extraños, policías a la postre, la habían visto no únicamente en pelotas, sino manteniendo relaciones sexuales con el muerto. Ninguno de los dos fue ajeno a su gesto de llevarse la mano al pecho para cerrarse el batín hasta el cuello, como si con ello pudiera protegerse de la desnudez pasada.

Rebeca Castro se perdió pasillo abajo sin abrir la boca. Corominas y Agüero la siguieron y vieron cómo cerraba la puerta de una habitación antes de meterse en la cocina.

—¿Les apetece un café?

Con el tiempo, Corominas había constatado que las personas a las que entrevistaba en su domicilio se refugiaban en la habitación en la que se sentían más seguras. Una especie de querencia. Aquella mujer escogió la cocina. Como Golda Meir, que negociaba tratados, guerras y compras de armas en el hogar de su residencia mientras preparaba tranquilamente un té a los mandatarios que la visitaban.

—No, gracias. Pero sí me gustaría ir al baño, si no tiene inconveniente —solicitó.

Agüero lo miró, extrañado. Se habían reído muchas veces del tópico televisivo de usar la micción inaplazable para hurgar en las habitaciones de una casa. Uno siempre va de visita aseado y bien meado, solía decirle su jefe. Por eso pensó que algo no iba bien. Más cuando Corominas tardó lo suyo y regresó con cara de pocos amigos.

—¿Qué quieren saber? —preguntó Rebeca Castro en cuanto se unió a ellos de nuevo. Había tenido tiempo para sacudirse la sorpresa y la vergüenza y serenarse.

—¿Qué tipo de relación mantenía con Antonio Falcón?

En cuanto la hubo formulado, Corominas se dio cuenta de lo absurda que sonaba la pregunta dadas las circunstancias. Empezaba mal, le ardía el miembro y la necesidad de aliviarse persistía.

—Llamemos a las cosas por su nombre, inspector. Usted quiere saber si, además de follar, nos cogíamos de la mano, ¿no?

La franqueza de la mujer lo dejó helado y le hizo sentir cierto pudor.

—La respuesta es no.

—Como le he dicho, hemos visto una o dos cintas… —mintió, como si con ello quisiera devolverle cierta dignidad—. Y a riesgo de parecerle indiscreto o imbécil, me gustaría saber por qué.

Rebeca Castro calló durante un buen rato. A Corominas le pareció que la segundera pesaba toneladas mientras la observaba buscar el modo de referir el asunto de manera que un tipo como él —un completo desconocido, hombre y, encima, madero, el colmo de la sensibilidad— pudiera entenderlo.

—Al parecer, ya soy demasiado mayor para las necesidades del mercado laboral. Nadie quiere cargar con una mujer que pase de los cuarenta, y entonces va y descubro que, a estas alturas, aún puedo ganarme la vida con el coño —soltó finalmente la mujer con cierto sarcasmo—. Supervivencia, inspector. No nos dejan otra opción que sobrevivir como sea.

Corominas se había imaginado a una mujer víctima de las circunstancias, pero Rebeca Castro era plenamente consciente de sus actos. Si Laura hubiese estado allí, le hubiera espetado: «¿Quién te crees que ha sacado adelante eso que tú y tu padre llamáis Historia de la Humanidad?».

—Supongo que se han informado sobre mí —prosiguió—. Quiero decir que saben lo de mi marido.

La gente da por sentado que la policía conoce la vida y milagros de cualquiera con solo chasquear los dedos.

—No la investigamos a usted, señora Castro —respondió Corominas, al tanto de su desgracia por Durruti—. Nos interesa la muerte del subinspector y todo lo que pueda aportarnos, nada más.

Sus ojos quedaron enganchados. La respuesta parecía haberla confundido.

—Mi relación con el subinspector era meramente comercial.

Rebeca Castro se debatía entre la actitud pétrea y la necesidad de justificar sus actos ante dos extraños.

—A mi marido le dio un ictus hace varios años. Desde entonces, en esta casa solo entraba mi sueldo, pero no era suficiente para pagar sus cuidados y mantenernos a mí y a mi hijo. Entonces, me quedé en paro y Antonio Falcón fue el único que se ofreció a ayudarme. A su manera, por supuesto. Para él todo tenía un precio.

—Entiendo.

—Me da igual si lo entiende o no, inspector. Ni si lo aprueba o no. —Se la notaba herida, pero entera—. Yo era su puta. Ese era nuestro tipo de relación.

—No la juzgo, señora Castro. Uno hace lo que tiene que hacer por la familia.

—Tampoco quiero su condescendencia.

—No es condescendencia, créame —se defendió Corominas.

Ahí estaba, erguida como una Magdalena. El inspector no pudo evitar sentir una oleada de compasión por ella.

—Ahora que ya lo saben, lo único que les exijo es discreción. No quiero que mi hijo se entere. Bastante tiene con lo que tiene.

—Por supuesto —la tranquilizó—. El problema es que sospechamos que alguien más lo sabe.

La expresión de Rebeca Castro se desencajó, como su voz:

—¿Qué quiere decir?

Corominas trató de agrupar sus ideas. Ahora era él quien buscaba las palabras adecuadas:

—Verá, señora Castro: al subinspector Falcón le abrieron el vientre con un cristal, y, una vez muerto, le seccionaron los testículos. Creemos que quien lo hizo tenía un motivo personal, y eso nos ha traído hasta usted. Le voy a hacer una pregunta, y espero que la conteste con la misma franqueza con la que ha contestado a todo lo demás: ¿mantiene alguna otra relación, sentimental o sexual, con alguien más de este barrio?

El inspector esperaba ver la duda en sus ojos, el desfile de consecuencias que sus palabras podían traer en caso de que hubiera dado en el clavo.

—No —contestó ella sin pensárselo.

—¿Ni tiene idea de quién puede saberlo?

La mujer negó de nuevo. Rebeca Castro sabía lo que pasaba por la cabeza del hombre que tenía enfrente, del mismo modo que Corominas podía escuchar el desfile de nombres y posibilidades que se sucedían en la suya.

—Espero que confíe en mi sinceridad, inspector, porque le he dicho la verdad.

Corominas la creyó. Lo hizo sin reservas. Torció el cuello en dirección a Agüero, que había permanecido en silencio durante el interrogatorio, y vio la misma determinación.

—Quizás pueda ayudarnos con otra cosa, entonces. —Iba a dar un salto de fe—. Tenemos evidencias de que Falcón llevaba algún tiempo extorsionando a los comerciantes de este barrio y creemos que el responsable de su muerte es uno de ellos. ¿Hasta qué punto conocía usted sus negocios?

—Como habrá podido comprobar, el subinspector y yo no hablábamos mucho. —Había recobrado ya la fuerza en la mirada con la que les había abierto la puerta—. Nuestra relación se limitaba al sexo. Me llamaba, follábamos y, una vez al mes, me dejaba un sobre en el buzón.

—¿Cuánto le pagaba? —tomó el relevo Agüero—. Si no es indiscreción.

—Dos mil euros.

Ambos sabían de primera mano lo que cobraba un policía, ya fuera nacional, municipal o guardia civil. Falcón debía de sacarles un buen pico a los comerciantes para soltar semejante parné solo por follar. Entonces, les surgió otra duda: ¿por qué ella? Por ese precio podría haber tenido un coño distinto al día.

—Hay algo que no acabo de entender —cogió el testigo Corominas—. ¿Por qué usted?

—Supongo que siempre le gusté.

—¿A qué se refiere?

—A que ya me rondaba cuando éramos jóvenes.

Al inspector se le encendió un piloto al recordar su segunda conversación con Durruti. ¿Era posible que Falcón hubiera escogido a Rebeca Castro para restregárselo por la cara a Lacunza? Quizás sabía que el librero seguía enamorado de ella y había decidido llevar su venganza hasta los confines más recónditos del alma. De ser así, Lacunza lo había mandado sacrificar no solo por sacudirse del expolio, sino por atreverse a algo mucho peor: tocarle los cojones a un hombre. Todo un folletín.

—Dígame —intervino de nuevo Agüero, que sabía que algo rondaba la cabeza de su superior con solo mirarlo—: ¿vio usted algo sospechoso en su casa?

—¿En cuál de ellas?

—¿A qué se refiere?

—Falcón tenía dos pisos. Uno en el centro y otro en uno de esos bloques nuevos de San Pedro. Aunque no estoy muy segura de que fuera suyo.

San Pedro era un barrio recoleto para nuevos ricos recién levantado a las afueras.

—¿Qué le hace pensar eso?

—Pues que la casa no iba mucho con él.

Agüero permaneció en silencio, invitándola a seguir.

—No le pegaba. El orden, los muebles, la decoración… Demasiada clase, ¿me entiende?

—¿Recuerda la dirección?

—Tan solo estuve allí un par de veces. Pero creo que la apunté en alguna parte.

Rebeca Castro dejó la cocina y regresó al rato con un papel.

—Muchas gracias, señora —dijo Corominas poniéndose en pie—. Nos ha sido de gran ayuda.

—No sentía ningún aprecio por Antonio Falcón, inspector, pero fue el único que, en cierto modo, me echó una mano. Sin falsas promesas, ¿me entiende?

Mientras descontaba peldaños, Corominas rumió acerca de las últimas palabras de Rebeca Castro. Al ver las cintas se había imaginado a una mujer atrapada en una mala situación, pero su firmeza le había dejado bien a las claras que sabía en qué cama se había metido y para qué.

Antes de arrancar, Agüero fijó la mirada en él:

—¿A qué coño ha venido lo del baño?

—Pues a que tenía ganas de mear.

—Ya...

—Algunos asuntos se quedan en casa, subinspector. Y mis cañerías son materia reservada, ¿estamos?

—Estamos —convino Agüero—. Y ahora cuéntame lo que tú pareces saber y yo no sé.

Corominas relajó el gesto:

—Rebeca Castro no fue únicamente objeto del deseo de Antonio Falcón en tiempos… Al parecer, fue también novia de nuestro librero.

—¿De Lacunza?

Corominas lo confirmó con un alzamiento de cejas.

—Y eso lo sabes por...

—Porque lo sé.

—Por supuesto —bufó el subinspector—. No, si al final va a resultar que tienes en nómina a una de esas pitonisas que te pasan los huevos por la espalda como al Pujol.

—El problema de los oráculos —arrugó la nariz Corominas— es que, demasiadas veces, sus mensajes no son lo que parecen.

—Pues yo diría que el asunto es cristalino, ¿qué quieres que te diga?

IV

La idea de tener que pelearse de nuevo con el funcionario de turno del registro hizo que Corominas le endosara sin rubor el trámite a Agüero, que a buen seguro sabría cómo sortear las barreras informáticas precisas, y se fue a comer a casa.

Al llegar, descubrió dos notas sobre la mesa del recibidor. Una era de Laura informando a su hijo de que había tenido que ausentarse, pero que le había dejado la comida hecha en el horno. La otra era de Álvaro contestando que mil gracias, pero que iba a aprovechar para tomarse algo con sus amigos. A pesar de ambas deserciones, Corominas tenía hambre, así que asomó la nariz al interior del electrodoméstico y descubrió con regocijo que su mujer había preparado musaca. «Algo es algo», se consoló.

Mientras el primer bocado viajaba de la fuente a su boca —al inspector le gustaba comer directamente de los recipientes que habían acurrucado la cocción con tanto mimo siempre que podía—, le sonó el móvil. Se había olvidado de enmudecer el dichoso aparato y así se lo pagaba.

—Sí —respondió de mala gana. No pensaba ponérselo fácil al indecente que llamaba a aquellas horas.

—¿Inspector Corominas?

—Ajá.

—Miralles —respondió la voz al otro lado—. ¿Le suena de algo?

Corominas echó un vistazo al reloj. Las tres menos cuarto:

—Señoría.

—Tengo por norma no inmiscuirme más de lo debido en el trabajo de las Fuerzas y Cuerpos de Seguridad del Estado, que bastante tienen con lo que tienen. También entiendo que el caso no es fácil para nadie, pero lo suyo pasa de castaño oscuro —soltó su interlocutor con un aplomo que contrastaba con su voz juvenil.

—Señoría —repitió Corominas, que intuía el chaparrón.

—Eso precisamente —replicó el juez—. Señoría, inspector. Juez instructor, para ser más precisos. Creo que le he dado un margen más que razonable, pero usted empieza a tomarse el brazo.

A Corominas le había tocado despachar con todo tipo de magistrados, desde los que te fiscalizan hasta la diligencia más nimia, a los que se limitan a firmar intervenciones y esperan a que todo esté resuelto. Miralles llevaba poco tiempo en la ciudad y no se había preocupado por averiguar su fenotipo. Dada su juventud, hubiera apostado porque era de los que se la cogían con papel de fumar, pero debía reconocer que se había equivocado.

—Tiene usted razón —señaló—. Le pido mil disculpas.

—Lo que me interesa es saber cómo va *mi* investigación —replicó Miralles cargando el posesivo.

Corominas dio por perdida la musaca.

—Precisamente hoy ha surgido algo —aprovechó la coyuntura—: necesitaremos un registro para un domicilio.

—¿De quién?

—Del subinspector Falcón.

El silencio se adueñó de la línea. Corominas casi pudo oír cómo se formaba la tormenta.

—Esta mañana ha entrado una petición de su comisario para intervenir un teléfono, el de un tal Pedro Mendes. ¿También es suya?

—Sí, señoría.

—¿Sabe qué le digo? Que igual acabamos antes si me cuenta lo que pasa.

Corominas trató de afrontar la situación como mejor supo:

—¿Tiene tiempo para un café?

Un nuevo silencio, esta vez de casi medio minuto:

—¿Cuándo?

—En media hora. Si le va bien.

Se imaginó a Miralles echando un vistazo a su Rolex, quizás hasta un Patek Philippe, regalo de sus padres por aprobar las oposiciones a judicatura. Su otra opción era la Montblanc. Lo que en realidad quería comprobar era hasta qué punto iba de farol: si se limitaba a marcar territorio o estaba de verdad interesado en el caso.

—Está bien. ¿Dónde?

—Yo me acerco donde mejor le venga —concedió Corominas para congraciarse.

—Bar Central, ¿lo conoce?

—Estaré allí en treinta minutos.

Tras colgar, sopesó la conveniencia de contactar con Agüero, pero desechó la idea enseguida. Ya lo había cargado con un marrón por hoy, más que suficiente.

Mientras se dirigía hacia el local, consideró hasta qué punto estaría sumergido Miralles en las arenas movedizas de la política local. Si la metástasis le había afectado ya a órganos y ganglios, debía andarse con pies de plomo.

El Central estaba situado en una zona bien, sobre los terrenos que había ocupado una de las fábricas del conglomerado industrial de los Casado, prohombres de Ofidia, filántropos, mecenas y cien cosas más. Con el tiempo, la planta se había trasladado a las afueras y la familia había vendido el suelo a precio de plutonio tras la oportuna recalificación.

Pidió un café con leche y se sentó. Trató de evocar la cara del juez, al que solo había visto en la escena del crimen, pero lo único que pudo rescatar fue su aire al actor que había hecho de Enrique VIII en una serie televisiva sobre los Tudor. A buen seguro que el reclamo le llenaba la cama como a Agüero.

Fue pensar en él y sacar el móvil de la chaqueta. Una cosa era cargarlo con un fiambre, otra distinta mantenerse al tanto de sus progresos:

—¿Qué has averiguado?

—Pues estoy en ello —respondió el subinspector—. ¿Ahora me fiscalizas o qué?

—Me ha llamado el instructor.

—¿Y?

—Pues que acabo de quedar con él y necesito los datos del piso. De paso le pediré un registro para el otro, así nos curamos en salud con lo de las cintas.

—Lo único que te puedo decir de momento es que la vivienda no está a nombre de Falcón, sino de una sociedad, Fine Investments S. L., que a su vez figura a nombre de un tal Pedro Sánchez Colsa.

—¿Un testaferro?

—Un cadáver.

—Y nadie se ha dado cuenta de nada hasta ahora, por

supuesto —murmuró Corominas—. ¿Puedes mandarme los datos al móvil?

—Puedo.

—Y llama a Pedregosa. Dile que estamos esperando la orden para el piso del centro, ¿de acuerdo? En cuanto acabe, te llamo.

—A mandar.

El juez Miralles entró en el bar a los cinco minutos. Corominas no se dio cuenta de que era él hasta que lo tuvo sentado enfrente. Ni traje, ni corbata, ni camisa, ni zapatos. Llevaba unos tejanos de marca, deportivas norteamericanas, un jersey de lana grueso y chupa de piloto de Spitfire.

—Señoría.

—Alberto —le indicó.

Al ver que el inspector tenía ya su taza de café, giró la cabeza e hizo una seña al camarero, que respondió con un gesto afirmativo.

—Bueno, usted dirá.

Si esperaba que Corominas le diera pie al tuteo, se quedó con las ganas.

—Necesito dos órdenes de registro y otra para información bancaria —le espetó en crudo.

Miralles palideció. De ahí, pasó al bermellón —no tanto por vergüenza, sino más bien por un breve estallido de ira— y, tras una pausa de lo más dramática, soltó una carcajada. Corominas estimó que era sincera, sin asomo de retranca entre sus dientes de ortodoncia exquisita.

—Cortita y al pie, sí señor —respondió finalmente el juez—. Las tendrá si hay indicios suficientes, inspector. Ni más, ni menos.

Corominas sabía que si daba un paso en falso, toda la investigación podía irse al garete. Aunque algo le decía que, más temprano que tarde, el resultado de sus esfuerzos acabaría igualmente a merced de los caprichos oceánicos.

—¿Puedo hacerle una pregunta?

Miralles le dio pie.

—¿Es usted un buen fajador o es de los que tiene la pera de cristal?

—Veo que lo suyo no son los rodeos —contestó el togado—. Solo sé dos cosas de usted, inspector. De momento, una de ellas es cierta. La segunda está por ver.

—Siempre voy de frente —se adelantó Corominas, que asumía su fama, buena o mala según gustos—. Algunos lo consideran un defecto de carácter, qué le vamos a hacer. En cuanto a la segunda, ilumíneme.

—Las palabras exactas fueron que era usted un *tocahuevos*, pero que sabe hacer su trabajo —refirió Miralles—. Demuéstremelo.

—Muy bien —suspiró Corominas mientras se empapaba los labios de café—. Hasta donde sabemos, Antonio Falcón había estado extorsionando a los comerciantes de San Marcial a lo largo de los últimos cinco años. Al parecer, la cosa está relacionada con el accidente laboral que sufrió el padre del subinspector hará unos diez. Aunque, de momento, lo segundo es solo una suposición personal. Falcón los culpaba y decidió estrangularlos poco a poco.

—Y usted sospecha que lo mataron por eso.

Corominas asintió sin dejar de sondear su reacción.

—¿Y tiene alguna prueba o la cosa no pasa de mera teoría?

—Para eso necesito las órdenes. —Por supuesto, no podía referirle nada acerca de su primera incursión en la casa ni en la cuenta del subinspector—. Gracias a una mujer con la que se acostaba, hemos descubierto que Falcón tenía dos viviendas, una a su nombre y otra al de una empresa cuyo titular lleva tiempo bajo tierra. Quizás allí encontremos algo.

—El subinspector Falcón era un policía condecorado, inspector. Asumo que sabe usted lo que eso significa. ¿Hasta dónde me hundirá si le concedo lo que pide? —soltó de pronto Miralles.

A Corominas le pareció escuchar cómo le empezaban a tiritar las piernas.

—Soy nuevo aquí, pero llevo en esto el tiempo suficiente para saber cómo funcionan las cosas —añadió—. Son iguales en todas partes.

Ambos se miraron, dispuestos a confiar el uno en el otro.

—¿Sabe por qué me metí a juez?

—No me diga que es usted uno de esos quintacolumnistas de Jueces por la Democracia —respondió Corominas con tono de escándalo fingido.

Miralles le concedió una risa franca.

—No se puede cambiar el sistema desde fuera. Creo que ambos lo sabemos.

—Lo único que sé, señoría, es que, una vez dentro, uno acaba sucumbiendo.

La brecha generacional entre ambos era grande; Corominas estaba ya de regreso y Miralles acababa de entrar por la puerta, como quien dice.

—Espero que se equivoque, inspector —se limitó a señalar—. Mándeme los datos y le firmaré esas órdenes en cuanto pueda. Pero hágame un favor: memorice mi número. Y úselo.

La conexión entre Pedro Sánchez Colsa, el titular de Fine Investments S. L., y Antonio Falcón resultó ser de lo más simple: el tal Sánchez había estado ingresado en la misma residencia que la madre del municipal hasta su muerte. Al parecer, no hay nada más fácil que robarle la identidad a un anciano sin familia, crear una empresa fantasma a su nombre y sanseacabó. Es lo que pasa cuando vives en un país en el que las administraciones no cruzan datos en la vida.

Agüero callejeaba con la vista fija en las esquinas: Ciudad del Cabo, Puerto Elizabeth, Durban... Tampoco había visitado nunca aquel barrio aún sin terminar y el GPS le insistía una y otra vez en que estaban en medio de un prado. Corominas aprovechó el momento para hacer una nueva llamada.

—Búscame también si hay alguna cuenta o caja de seguridad a nombre de un tal Sánchez Colsa, Pedro.

—A sus órdenes —contestó la hija de Vázquez.

—¿Has tenido suerte con Falcón?

—Una cuenta corriente en el Santander. Nómina y pagos domiciliados y poco más. En referencia a lo de las cajas, paciencia.

—A ver si tenemos suerte con Sánchez Colsa.

En cuanto colgó, Agüero no pudo evitar una sonrisa boba.

—Si aprecias en algo tu hombría, y me consta que sí, ni se te ocurra torear en esa plaza.

—¿Insinúas que me queda grande?

—No insinúo nada. Solo te digo que si Vázquez se entera, acabas como Falcón —lo advirtió. No le apetecía tener que mediar entre padre y subordinado si la cosa se ponía fea.

—¿Qué nota le pones? —cambió de tema el subinspector.

—¿A quién?

—A su señoría.

—Apostaría a que vais al mismo estilista.

—Hablo en serio.

—Y yo —replicó Corominas.

Agüero le soltó otra de sus miraditas mientras localizaba al fin el cartel que identificaba la calle Pretoria.

—Aún cree que puede cambiar las cosas.

—Modo sarcástico, ya veo. Pues te diré algo: yo también. Poco a poco, somos legión.

Ambos pisos eran como el día y la noche. Este era estilo *loft*, suelo de cemento inyectado, electrodomésticos de marca, estanterías de obra, nevera retro de acero inoxidable y cocina panelada. El colmo del diseño. A Agüero se le escapó un silbido al descubrir el televisor colgado en la pared del salón.

—¡Coño, un BeoVision 12! Sesenta y cinco pulgadas, con dos altavoces BeoLab. ¿Sabes lo que cuesta esto?

—¿Tres mil euros? —apostó Corominas como si fuera *El precio justo.*

—Diecisiete mil quinientos solo la pantalla. Los altavoces otros cuatro mil.

—¿Por una tele?

El subinspector siguió el recorrido. Un estéreo con varios lectores de CD que se asemejaba más a una escultura abstracta que a un electrodoméstico, muebles de diseño —de metal y cuero auténtico, por supuesto— y una cocina en la que nadie había trasteado jamás. Un ojo entrenado como el suyo calculó miles de euros solo en decoración. El piso en sí era otra cosa. Unos doscientos cincuenta metros cuadrados: cada ladrillo debía de valer un dineral.

—Ya sabemos en qué se gastaba la pasta —señaló—. Jamás hubiera pensado que el hombre tuviera el morro tan fino.

—Tú lo tienes.

—Cierto. No hay nada peor que tener un paladar exquisito y no poder mimarlo —suspiró Agüero—. Pero esto, ni llegando a comisario.

—Empieza por presentarte al examen de inspector —tiró con bala Corominas—. Una razón de peso, ¿no?

Había sido una puya sucia. Hacía tiempo que lo azuzaba para que optara a la promoción, pero el subinspector se resistía por un absurdo sentido de clase: los pijos universitarios y lameculos, arriba; la tropa, abajo.

—¿No dices que quieres cambiar las cosas? Pues el mundo se cambia de arriba abajo.

—Es justo al revés.

—Ya aprenderás —se limitó a cerrar Corominas.

El resto de la inspección reveló dos baños completos, un aseo, dos habitaciones, un dormitorio principal del tamaño de un campo de balonmano y un despacho. Sobre una mesa de patas de acero y encimera de cristal, había un ordenador. El subinspector sonrió.

—Mac, *of course*.

Corominas lo miró sin entender demasiado, aunque sabía que se refería al cacharro. Agüero se sentó en la silla y lo encendió. En el «Escritorio» había varias carpetas. Fotos, vídeos y un archivo identificado como «Contabilidad». En cuanto la abrió, el universo de actividades delictivas de Antonio Falcón se desplegó en un sencillo documento de Excel.

—Está todo.

—¿Así, sin más?

Corominas se inclinó sobre el monitor para echar un vistazo. El municipal no se andaba con tonterías: ni palabras en clave, ni siglas, ni leches. Todos los nombres figuraban claritos: Lacunza, Chacón, Avelino, Zaira, Mendes, Cercas, Mauri y algunos otros. También estaba el del señor Manel. Así, «señor Manel», todo un gesto de cariño. En total, alrededor de unos quince mil euros mensuales solo en concepto de «protección». Después estaban las cantidades referidas a otras actividades, su correspondiente mordida en drogas y putas.

En las carpetas de fotos y vídeos había, sencillamente, pornografía, incluidos los polvos de Rebeca Castro perfectamente digitalizados. Por fin tenían el mango de la sartén bien agarrado. En cuanto interrogaran a todos los presentes en la lista, la carrera por ver quién cantaba antes iba a ser reñida.

—¿Figura algún número de cuenta o algo?

—Negativo —señaló Agüero—. ¿Crees que tendremos suficiente con esto?

V

Era la cuarta vez que aquellos cinco hombres se reunían en El Gordo. Daba igual que su ogro particular hubiera pasado a mejor vida. Allí habían discutido la situación, habían planificado su muerte y ahora trataban de aclarar cómo querían que fuera la cosa en adelante.

Todos esperaban en silencio a aquel chaval que había colmado su paciencia y se había atrevido a intimidarlos atacándolos donde más les dolía, su pequeño Reino de Taifas; el seguro cubriría los gastos, pero nada aliviaría su orgullo herido. ¿Cómo se había atrevido? Eso sí, el crío era un hijo de puta, pero los tenía bien puestos, al parecer. Con eso no habían contado.

Alguien golpeó la persiana con firmeza. Avelino tiró hacia arriba del telón metálico para que el drama pudiera empezar. Y lo hizo con sorpresa. De pie en la entrada, no era el protagonista esperado quien hizo su aparición estelar. Era su amigo Jon.

El chaval avanzó con paso firme ante la atenta mirada del dueño del bar. El resto del grupo no disimuló su sorpresa.

—¿Qué coño haces tú aquí? —preguntó Chacón.

—Javier no vendrá. Vengo yo.

—¿De qué cojones va esto? —saltó Cercas, cuyas fauces rebosaban de espuma.

—Solo tengo una cosa que deciros: Javier ha cumplido, así que os toca —amenazó Jon con el índice—. Lo del sábado fue solo un puto aviso... Os juro que si os da por joderlo, rezaréis para que el hijo de puta de Falcón resucite. Tenéis una semana.

No traía guión, pero pensó que su texto era digno del Richard Widmark de *El beso de la muerte*. Sin darles tiempo a replicar, regresó sobre sus pasos y echó a andar calle abajo.

Javier lo esperaba escondido tras la esquina; no le quedaban uñas.

—¿Qué?

—¿Qué de qué?

—Que qué coño han dicho.

—Ni puta idea —se encogió de hombros Jon—. No me he quedado para averiguarlo. Tenía que parecer una advertencia, y eso ha sido. Pero fijo que se han cagado. Al Cercas casi se le salen los putos ojos, y alguno ha dejado marca en los gayumbos fijo.

Javier sabía que toda advertencia debería ir respaldada por una acción en caso de que decidieran hacer oídos sordos, pero él no era de esa clase de personas, pensó. No era un matasiete. Para eso hay que estar hecho de una pasta concreta. La de Falcón. En pocos días, sin embargo, había matado a un hombre que no le había hecho nada y había dejado que su amigo amenazara en su nombre. «Igual sí eres así y no lo sabes», se sinceró.

—Solo nos queda esperar...

Ambos se marcharon en direcciones opuestas. Pero en cuanto Javier vio desaparecer a su amigo calle abajo, regresó a la esquina en la que se acababan de despedir. Quería hablar con Lacunza a solas. De hombre a hombre.

Las sombras fueron abandonando el local una a una. Avelino apagó la luz, cerró la puerta y entró en el portal contiguo. Chacón, Huertas y Mendes torcieron a la izquierda y Lacunza tomó su dirección. Javier dejó que lo rebasara, echó un vistazo para asegurarse de que nadie lo seguía y trató de acompasar sus pasos a los del librero.

—Tenemos que hablar —pronunció a su espalda.

Lacunza giró la cabeza. Su primera reacción fue la de salir corriendo, pero, al reconocerlo, controló el miedo.

—Ya está todo dicho, ¿no?

Aún trataba de averiguar si el chaval suponía una verdadera amenaza. No olvidaba que aquel angelito rubio y magro había sido capaz de matar a un tipo duro como Falcón y había reventado sus negocios a pedradas. Quizás lo había subestimado.

—La noche en que maté a Falcón había alguien más allí. Fue él quien le cortó los huevos, no yo...

—No sé de qué me hablas.

—Yo creo que sí. Buscabas un seguro, ¿verdad? Algo que me cargara el muerto para ahorrarte la puta pasta.

—Te diré lo único que sé: destripaste a un tío y le segaste la hombría. Hay que odiar mucho a alguien para eso, ¿no crees?

La conversación comenzaba a dar un giro que Javier no esperaba.

—No tenía ningún motivo para hacerlo y lo sabes.

—¿Estás seguro? Yo creo que se la tenías jurada desde hacía tiempo y decidiste darle su merecido. No te preocupes, no seré yo quien lo llore. Ni quien te delate. Lo que no puedo es poner la mano en el fuego por los demás.

—Tenemos un trato —se revolvió Javier. ¿De qué cojones estaba hablando?

—¿Es eso lo que vas a decirle a la policía? ¿Que hiciste un trato para asesinar a uno de los suyos? Yo más bien lo veo así: lo odiabas, te lo querías quitar de en medio, le robaste la pistola a Mendes, discutisteis, la cosa salió mal y sus huevos son historia.

El librero hizo una pausa. Ese momento que precede a la detonación final. Las palabras son las balas del mayor calibre que existe.

—Quizás hasta te ayudó ese amigo tuyo...

Javier sintió náuseas. La cabeza le hervía y el corazón le martilleaba el pecho, las sienes, la cara interna de las muñecas y el empeine. Hasta que le llegó la epifanía: aquel hombre que tenía delante lo había planeado todo al detalle desde el principio. Jamás había tenido la intención de cumplir; se había limitado a manipularlo como a un gilipollas y él se había tirado de cabeza al pozo solito. Pero ¿qué era lo que tenía contra él?

—Eres un hijo de la gran puta.

—Tú lo has querido así —se limitó a responder Lacunza, que acababa de decidir cuál iba a ser su próximo movimiento.

VI

Amenazaba tormenta y la gente se había recogido en sus casas antes del chaparrón. Porque iba a caer, y a base de bien, eso seguro. El aire olía a ropa empapada. A Corominas y Agüero la tromba les cayó a medio camino de la Municipal. Fue cuestión de cinco minutos, pero al llegar, estaban calados hasta los calzoncillos.

Entraron y al instante supieron que se cocía algo gordo. Varias parejas de agentes corrían de aquí para allá excitados. En medio del tumulto, localizaron a Pedregosa.

—¿Qué pasa?

—No contestas al móvil.

Corominas sacó el teléfono del bolsillo de la chaqueta y comprobó que tenía varias llamadas perdidas.

—Alguien ha delatado a vuestro asesino.

El inspector captó la idea enseguida: una llamada anónima, seguramente desde un móvil de prepago, ya no se estilaban las cabinas.

—Y ese alguien ha preferido llamaros a vosotros, claro.

—Ya ves.

—¿Y quién es el angelito?

—Javier Castro —les desveló el municipal.

—¿El hijo de Rebeca Castro?

—Afirmativo.

La revelación lo dejó tiritando. Porque casaba. De repente, todo lo relativo al pasatiempo extorsionador de Antonio Falcón desaparecía del tablero y el asunto quedaba reducido a la venganza de un chico perdido de catorce años. De algún modo, Javier Castro había averiguado que el subinspector forzaba a su madre y no lo había podido soportar.

—Estás de coña —saltó Agüero.

—¿Tengo pinta de estarlo?

—Y vais de caza —afirmó Corominas.

—No olvidéis que ese chaval va armado y se ha cargado a uno de los nuestros.

La expresión ceñuda de los agentes le indicó que la partida quería cobrarse su pieza en la calle para ahorrar preguntas incómodas a todo el mundo. Pero él quería respuestas, aunque solo fuera por su ego herido. Miró a su alrededor: ¿cuántos de ellos sabían lo de Falcón? No solo deseaban vindicar al compañero muerto, también proteger sus culos y el honor del cuerpo. Muerto el perro, se acabó la sarna.

—Es nuestro caso y lo haremos a mi manera —soltó como un latigazo.

No le gustaba tirar de galones ni jurisdicciones —más temprano que tarde, uno acaba por darse cuenta de que siempre hay alguien que la tiene más larga—, pero la cosa pintaba mal.

Pedregosa lo desafió con la mirada.

—¿Vamos a darnos por culo a estas alturas?

—No. Vamos a hacer las cosas como Dios manda.

—Tú decides —claudicó el municipal. Tampoco quería líos.

—¡Escuchad! —alzó la voz Corominas.

Pero todo el mundo siguió a lo suyo. El inspector buscó a Pedregosa con la mirada. Le pedía que le echara un cable:

—¡Parad un momento!

Tras el grito, la tropa se congeló mientras el municipal le devolvía el testigo. Corominas miró a su alrededor procurando no dejarse a nadie.

—Sé que todos queréis pillar al cabrón que se cargó a Falcón. Yo también, os lo aseguro. —Apelaba al corporativismo con descaro—. Pero quiero que os paréis un momento a pensar: no sabemos si el chaval es culpable. Lo único que sabemos es que alguien quiere que lo creamos —enfatizó tras una breve pausa—. ¿Estáis dispuestos a cargar de por vida con el fantasma de un crío sin estar seguros?

Sus palabras parecieron surtir efecto y la duda se extendió entre las filas, incluido el ánimo de Pedregosa.

—¿Y ahora qué? —quiso saber el municipal.

—Esta mañana hemos estado en casa de Falcón.

Pedregosa sacudió la cabeza sin comprender. Había sido él quien había realizado el registro nada más recibir la orden.

—No en esa, sino en la otra —le aclaró Corominas.

—Coño, gracias por la confianza.

—Falcón usurpó la identidad de un viejo y creó una sociedad a su nombre, Fine Investments, con sede social en un piso de la calle Pretoria.

—Tendrías que echarle un vistazo a la chabola —terció Agüero—. Alto *standing*.

—Tenemos las cuentas —finalizó su jefe.

Pedregosa asintió con una caída de párpados. La noticia no lo pillaba por sorpresa.

—Sigues pensando que el asunto está relacionado con los negocios de Falcón, pero lo del chaval tiene sentido —replicó—. Se enteró de que se trajinaba a su madre y no lo pudo soportar. Punto. No hay por qué echar mierda sobre la tumba del muerto, inspector.

Corominas ya no estaba seguro de nada. Buscó el amparo de Agüero y vio la duda en sus ojos.

—Tú mandas.

—Está bien. Vamos a por él, a ver qué tiene que decirnos.

Camino del barrio, pensó en su hijo. Álvaro tenía un año más que Javier Castro, y aunque ya no era un crío, seguía siéndolo. Ambos, sin embargo, habían crecido en ambientes muy distintos. Javier vivía en un barrio periférico, su padre era un vegetal y su madre se había dejado los ovarios para sacarlo adelante. Su retoño, en cambio, había tenido una vida fácil, por mucho que intentara por todos los medios que fuera un tipo responsable. Es imposible no sobreproteger a los hijos.

Recordó entonces su salto a la edad adulta, un 17 de marzo, por la *Liberalia*. Su padre se empeñó en celebrar una ceremonia al uso romano. Al hombre no le iba lo de llevar a su retoño a un prostíbulo a que lo estrenaran, que es mucho más patrio.

La primera parte, la privada, se celebraba en casa. El niño abandonaba los símbolos de su niñez y recibía la toga viril y la *bulla* a los Lares. A la mañana siguiente se le llevaba al Foro para recibir los *tria nomina*, los tres nombres por los que todos conocemos a los romanos. Ya era ciudadano. Gracias a Dios, en su caso el asunto se había circunscrito al ámbito exclusivamente doméstico. Aunque el ilustre catedrático no pudo resistir la tentación de invitar a algunos de sus amigos, por supuesto.

Corominas llamó al timbre y preguntó por Rebeca Castro. No quería descubrir que venían a por el hijo. Y la cosa funcionó. Esta vez, la mujer no los esperaba asomada al rellano, sino que había dejado la puerta franca. Nada más entrar, el inspector indicó a Agüero que echara un ojo mientras él y Pedregosa iban camino de la cocina.

La mujer trasteaba distraída, no porque tuviera nada que ordenar, sino para mostrarles que estaba tranquila.

Al ver al municipal, sin embargo, sus ojos se congestionaron.

—Le presento al inspector Pedregosa, de la Policía Municipal.

Corominas la escrutó. Trataba de prepararla para lo que se le venía encima, pero no sabía cómo. Ella le sostuvo la mirada. La presencia de un nuevo policía le indicó que algo no iba bien. Agüero entró en la cocina y negó con la cabeza. El chico no estaba.

—Venimos a hablar con su hijo, señora Castro —pronunció Corominas.

—¿Y eso por qué?

En su cara se reflejó el mayor miedo que puede tener una madre: que le toquen a la cría.

—¿Se ha fijado en si ha tenido algún comportamiento extraño en las últimas semanas?

—¿A qué se refiere?

—A si estaba de peor humor, preocupado o enfadado por algo…

—Hace poco discutimos porque yo no quería que trabajara en el taller de Mauri, que los estudios eran lo primero, pero nada más. Mi hijo es un buen chico, inspector. Buen estudiante y ayuda en casa con su padre.

Corominas asintió. No lo dudaba. Entonces vino la pregunta que esperaba:

—¿Qué tiene que ver con todo esto?

Estaba a punto de propinarle una puñalada mortal y no había forma suave de lacerarle la carne. Pero las palabras con las que uno dice las cosas son importantes.

—Hemos recibido una llamada acusándolo de ser el autor del asesinato de Falcón. Quizás descubrió lo suyo con él… —elucubró sin dejar de observarla.

—¿Y creen que por eso mataría a un hombre? No conocen a mi hijo. Es inteligente y buena persona. Más que cualquiera en este maldito barrio. Pero en lugar de dedicarse a investigar, no, alguien les llama y lo primero que hacen es perder el culo por agenciarle el crimen.

Rebeca Castro se había aferrado con fuerza a un cacharro de cocina. Tenía los nudillos blancos.

—¡Fuera de aquí! ¡Fuera!

Nadie dijo nada. Dejaron que la mujer se desahogara mientras luchaba contra la rabia y el miedo. Hasta que su rostro se llenó de llanto y su pecho adquirió un ritmo sincopado.

—¿Sabe si su hijo tiene algún corte en la mano? —trató de averiguar el subinspector.

Los ojos de la mujer se redujeron hasta la raya. La respuesta era que sí.

—Se lo hizo ayudando a un amigo con una moto. Mauri lo llevó al hospital. Fue un par de días después del asesinato. Se lo he dicho: mi hijo es incapaz de matar a nadie.

Corominas dudó. De ser cierto, lo corroboraría el parte de Urgencias. En su primera diligencia solo había comprobado los informes de la noche de autos y de la mañana siguiente.

—Si es así, no tiene nada que temer. Pero me gustaría que nos lo contara él mismo.

—No sé dónde está.

Aunque lo supiera, no se lo iba a poner fácil, eso seguro, pensó Corominas.

—Está bien.

A pesar de que ya era tarde, decidieron acercarse hasta el taller de Mauricio Jiménez para comprobar si lo que Rebeca Castro les había contado era cierto. El dueño les dijo que no había visto al chaval en todo el día. Corominas sabía que, de saber algo, tampoco soltaría prenda.

—Su madre nos ha dicho que se cortó en una mano mientras trabajaba aquí —intervino Agüero—. ¿Cómo fue?

—Con un escape. Fuimos a que le dieran puntos al Centro de Salud. Pueden comprobarlo.

—Lo haremos.

—Es importante que demos con él, señor Jiménez —pronunció Corominas. Era casi una súplica—. Hazle un favor, y, de paso, te lo haces a ti. Porque si la cosa se jode, lo cargarás de por vida.

Javier era consciente de que solo le quedaban dos opciones: entregarse y confiar en que alguien decidiera creerlo, o desaparecer. Ambas significaban lo mismo: había perdido. Sabía por Mauri que la policía lo buscaba. «Deshazte de tu móvil y coge este. Es de prepago. Supongo que a mí me tendrán pinchado ya.» También le había dado algo de dinero, pero ningún consejo sobre lo que debía hacer. «No puedo decidir por ti. Ni quiero pesos de conciencia sobre lo que pase.»

No sientes la auténtica soledad hasta que estás solo del todo. Javier permanecía oculto en su refugio de la plaza abandonada. Necesitaba pensar. Pero se moría de frío y castañeteaba de miedo. Ni siquiera había podido despedirse de su madre. Mauri le había dicho que era mejor que no la llamara, que la escuchaban seguro. Pero no quería irse sin tratar de explicarle lo que había pasado.

—¿Sí? —respondió ella al otro lado de la línea. Su voz era débil.

Javier no sabía ni cómo empezar, ni tampoco qué decir. Rebeca Castro supo que era él sin necesidad de palabras.

—¿Javier?

—Lo siento, mamá —respondió sin poder aguantarse las lágrimas. Ella no se merecía aquello.

—¿Estás bien, hijo?

—Sí —susurró. Aunque ambos sabían que no era cierto.

—¿Qué pasa, cariño? Dicen que fuiste tú quien mató a Falcón.

La frase encerraba una duda y una pregunta: «Dime que no es verdad».

—Lo siento, mamá.

—Perdóname tú a mí, hijo —boqueó ella, desconsolada. Era cierto.

—Tú no tienes la culpa. He sido un imbécil. Pensé que podría mejorar las cosas. Que papá estaría mejor y nosotros también.

—¿De qué estás hablando?

—Lo hice por él, mamá. Pero todo se ha ido a la mierda —sollozó Javier antes de que el cabreo le secara las lágrimas—. Nunca debí fiarme de Lacunza, es un hijo de puta.

Ninguno de los dos sabía que cada uno hablaba de cosas distintas.

—¿Fue él quien te lo dijo?

—Me dijo que, si lo mataba, cuidarían de papá.

Rebeca Castro empezó a vislumbrar la imagen completa. Su hijo no sabía nada de lo suyo con Falcón. El librero se había enterado de algún modo y había usado la información para tejer su trampa. Pero no se vio capaz de contárselo por temor a que la verdad le rompiera el corazón en trozos imposibles de suturar.

—Tienes que ir a la policía.

—¿A qué? ¿A decirles que soy un gilipollas? —exclamó. Y, justo antes de colgar, añadió—: Te quiero, mamá.

Fue como cortar el cordón umbilical por segunda vez.

ACTO QUINTO

El depredador paciente

- Harina de panadería 550g
- Harina centeno integral 75g
- Levadura seca panadería 10g.
- Sal 10g.
- Aceite (varito) 40g.
- Agua fría (Dependiendo) aprox. 350ml.

Doblar volumen

- Frigo 3 horas
- Ambiente 45'

Agua a la bandeja del horno

200°

20 minutos + 10 minutos ↑ Abrimos horno

I

Fue un aviso por radio. Dos agentes informaron de que habían visto al chaval cerca de la vieja plaza de la zona norte del barrio. Noche de frío seco, sin una pizca de viento; cada respiración, cada resoplido, cada palabra se condensaba en el aire durante unos segundos antes de desaparecer como si jamás hubiera sido dicha. Corominas asistió a la conversación entre Pedregosa y sus hombres a través del *walkie* que le habían prestado.

—¿Estáis seguros?

—Coincide con la descripción, y a estas horas... —respondió uno de los agentes.

—Quietecitos hasta que lleguemos. No quiero ni media cagada, ¿vale? —los advirtió—. Va por todos.

—Afirmativo —brotó del *walkie.*

Cuando Corominas llegó al lugar, cuatro coches bloqueaban la entrada a la calle y teñían las fachadas colindantes de azul intermitente. Pedregosa organizaba el operativo apoyado sobre uno de los capós.

—Romero y Linares, al de la izquierda. Urrutia y Maldonado, conmigo. Pardo y Cuevas entráis en el del centro con nuestros invitados, y vosotros dos os trajináis el de más a la derecha. El chaval estará asustado y, hasta donde sabemos, va armado; si lo localizáis, aguantad hasta que lleguemos, ¿de acuerdo?

Todos asintieron mientras abrían los maleteros y sacaban los chalecos y unas linternas. Uno de los agentes le ofreció uno a Corominas. El inspector negó con la cabeza. Sintió que ponérselo era asumir que podía necesitarlo, y no creía que Javier Castro fuera un verdadero peligro. Agüero, en cambio, se enfundó el suyo sin rechistar; su pellejo era asunto de alto *standing*.

—Deberías ponértelo —le indicó Pedregosa a Corominas—. No solo porque es el protocolo, sino porque nunca sabes cómo va a reaccionar una persona.

El inspector sabía que tenía razón, pero, aun así, se resistió.

—Tú verás —claudicó el municipal.

Cuando entras en un edificio abandonado, el silencio es imposible. Uno debe andar con pies de plomo y detenerse de vez en cuando a escuchar. Se avanza mucho más despacio, pero se tienen más posibilidades de salir airoso. Corominas trataba de oír algo, una pisada, una pista del chaval, pero los agentes que les habían asignado estaban nerviosos, la peor compañía en una situación así.

Tras inspeccionar la primera planta, cogió el *walkie* e informó. Pedregosa y el resto hicieron lo propio. Ni rastro. A este paso se les haría de día en el laberinto. Claro que existía otra posibilidad: que Javier Castro ya no estuviera allí.

Entonces, sonó el petardazo. La voz de Pedregosa entró por el auricular.

—¡Me cago en Dios!

Y se hizo el silencio.

—¿Alguien me puede decir qué coño ha pasado?

—Aquí nada —contestó Romero.

—Negativo —indicó Corominas.

Y, de nuevo, el silencio. Total. Persistente.

—¿Torres? ¿Zudaire?

Una voz tembló al otro lado:

—Creo que está muerto...

—¿Muerto? ¿De qué coño hablas?

El agente cogió aire para decir lo que tenía que decir:

—El chaval, inspector. Creo que está muerto.

—¡La madre que os parió! —soltó Pedregosa con un cabreo de mil pares encima.

Cuando llegaron, Torres era una estatua frente al cuerpo. Su compañero estaba hecho un ovillo en el suelo, la espalda apoyada en la pared y la cabeza entre las piernas. Por un instante, Corominas dudó sobre si habían decidido darle boleto allí mismo o todo había sido un cúmulo de mala suerte. Sus caras, sin embargo, lo decían todo: ninguno de los dos tenía la maldad suficiente para ejecutar a un crío a sangre fría sin pestañear. Ambos estaban descompuestos.

—Salió de repente... Llevaba algo en la mano... —balbuceó Torres.

—¿La pistola?

—No sé, creo que sí. Alberto lo vio y disparó.

—Nos van a mirar con lupa —lo apremió Pedregosa—, así que mírame a los ojos y dime qué cojones ha pasado exactamente. Y no me lloriquees, porque si te parece que yo tengo mala hostia, se te van a comer en los papeles.

—Ya se lo he dicho, inspector. Le dimos el alto, nos apuntó y Alberto disparó. O él o nosotros —relató de nuevo Torres, algo menos titubeante.

Corominas se acercó al cuerpo y se inclinó sobre él.

—Tenemos dos problemas —pronunció entonces con gravedad—. Ni iba armado ni es Javier Castro.

Esta vez, el cadáver le tocó a Martínez. El cuerpo estaba rodeado por un charco de gel burdeos. No le quedaba ni una gota de sangre dentro; el proyectil le había entrado por el pecho y le había desgarrado la arteria pulmonar hasta dejarlo seco.

—Ni aposta —exclamó el forense—. ¿Alguna idea de quién es?

Corominas sacudió la cabeza. La cara le quería sonar, pero no era capaz de ubicarla. El agente que había pegado el tiro seguía en la misma posición. Pedregosa trató de hablar con él, pero fue inútil. Ni siquiera Martínez había conseguido que se moviera ni un milímetro al examinarlo; bastante duro es quitar una vida, pero si es la de un crío desarmado, el lastre te acompaña hasta la tumba.

Habían sorprendido al chico en la tercera planta. Zudaire pensó que llevaba el arma en la mano. Es muy jodido distinguir bien las cosas en la oscuridad. Más aún si vas con miedo. Y que te digan que es posible que alguien lleve pistola es que te afirmen que carga con una Magnum como la de Harry *el Sucio*. Tú piensas en lo tuyo, en la mujer que se queda sola, en tus hijos, en la hipoteca y demás mierda que van a tener que tragarse solos…, así que cuando el tío levanta la mano entre las sombras, aunque sea para darse por vencido, disparas.

Eso había hecho Zudaire. Pensar en todo eso mientras tiraba de gatillo. El informe diría que el chaval se había comportado de modo sospechoso y que el resto era una desgracia, y a Zudaire y a Torres los darían de baja sin ruido al cabo de un par de meses.

—Hay una madre por ahí que no sabe que su hijo ha muerto —rezongó Martínez mientras recogía—. Y eso no está bien, Hero. No está nada bien. Es contra natura.

Corominas estaba seguro de que, a estas alturas, todo el barrio se habría enterado ya de lo sucedido, por lo que debían darse prisa si querían identificarlo y ser los primeros en comunicárselo a los padres.

Los gritos de Rebeca Castro les llegaron desde el cordón policial. La mujer había sumado dos y dos y peleaba por abrazar a su niño muerto. Corominas se sintió incómodo: iba a darle una buena noticia, pero sentía náuseas.

Dos agentes la sostenían mientras forcejeaba con lo que le quedaba de ánimo.

—No es él —la informó al llegar a su lado.

La mujer abandonó momentáneamente la lucha. En su expresión, mitad alivio y mitad desconcierto.

—Hoy ha muerto un chico, señora Castro. No ha sido su hijo, pero es algo que puede llegar a pasar, ¿lo entiende? Y le aseguro que es lo último que deseo.

Agüero le mostró la pantalla del móvil con un primer plano del cadáver. El chaval parecía dormido.

—¿Lo conoce?

La mujer sujetó la mano de Corominas y tomó el teléfono. El contacto los consoló a ambos. Hasta que los ojos de Rebeca Castro dejaron escapar una lágrima mientras se llevaba la mano a la boca.

—¡Es Jon! ¿Qué le han hecho? ¡Qué le habéis hecho!

—¿Sabe su apellido?

—¡Arribas! ¡Jon Arribas! —gritó desconsolada—. ¡Qué le habéis hecho, asesinos!

Corominas dejó que la mujer se desahogara hasta que dejó de boquear por puro cansancio.

—Si tiene conocimiento del paradero de Javier, señora Castro, dígale que se entregue —le rogó—. Se lo pido por favor.

—No lo sé, inspector. Se lo juro. Anoche me llamó para despedirse. Traté de convencerlo, pero fui inútil.

La revelación de que había hablado con su hijo no le sorprendió lo más mínimo. Lo único que le tocó los cojones es que la orden para intervenir su teléfono debía de estar aún metida en una carpeta a la espera de que alguien cursara su entrada en el juzgado tras el café de la mañana.

—Lo hizo por su padre —musitó entonces.

—¿A qué se refiere?

—A que todo esto es un error… ¡Un maldito error!

—Es importante, señora Castro.

La mujer trató de sobreponerse. De algún modo, se sentía responsable de todo, aunque no lo fuera en absoluto.

—Me dijo que Miguel Lacunza le ofreció un trato: si mataba a Falcón, ellos nos pagarían una residencia para mi marido. —Su voz emigró de la angustia al odio palabra a palabra—. Mi hijo no sabe nada de lo mío con el subinspector, se lo aseguro.

Las miradas de Corominas y Pedregosa concurrieron.

—La creo.

Un coche negro sorteó el cordón policial y se detuvo a su altura. Corominas solicitó a los agentes que acompañaran a la señora Castro hasta su casa al tiempo que Contreras se bajaba del vehículo hecho una furia. Hacía años que no abandonaba la comodidad de su despacho si no era para acudir a algún sarao más o menos oficial.

—¡Esto se ha salido de madre, inspector! —se agitó.

El cabreo le rezumaba por las fauces. Corominas imaginó que era el eslabón final de una larga cadena de úlceras. Todo había empezado como el caso de un policía muerto con el que se quería dar ejemplo de rapidez, firmeza y eficacia, y ahora lo que tenían era el cadáver de un chico de catorce liquidado con nocturnidad y vete tú a saber si alevosía. La vida, obra y milagros de Antonio Falcón, al menos, no habían trascendido aún.

—Estamos jodidos —prosiguió Contreras al borde de la angina de pecho—. ¡Jo-di-dos!, ¿lo entiendes? Quiero que aprietes a esa mujer hasta que te diga dónde se esconde su hijo, ¿estamos? Y si a la amantísima madre no le sale de los cojones colaborar, pues la acusas de encubrimiento o de lo que te dé la gana. ¡Me paso su presunción de inocencia por el culo, ¿está claro?!

Corominas empezó a comprender que a nadie le importaba mucho ya saber cómo eran las cosas en realidad. Si no sacaba nada de Lacunza y su grupúsculo, la historia oficial se iba a limitar a chaval de catorce años asesina a policía por venganza. Carnaza.

II

La climatología había decidido acompañar la jornada de luto. Cielo marengo y lluvia tenaz que había limpiado las calles de los últimos rastros de nieve. Agüero lo recogió en casa a las nueve en punto. Sobre el asiento del copiloto descansaba el listado de llamadas del fijo de Rebeca Castro. Al ver salir a Corominas, lo apartó para que se sentara y, sin darle tiempo a atarse el cinturón, pisó a fondo.

—Lo que te importa está en la última página.

Corominas echó un vistazo. Correspondía a un número de móvil.

—¿Podemos localizarlo?

—Si lo usa, tal vez. Pero no te hagas muchas ilusiones.

En cuanto la noticia de la desgraciada muerte de Jon Arribas trascendió, el barrio entero se había echado a la calle. Varias furgonetas con paellera en el techo y logotipos de cadenas y subcontratas en las puertas circulaban arriba y abajo mientras grupitos de periodistas entrevistaban a todo aquel que se ponía a tiro de micro, cámara o grabadora. Por una vez, alguien les hacía caso y ningún vecino estaba dispuesto a desaprovechar la oportunidad para reivindicar sus cosas, fueran las que fueran.

Esta vez, la conversación esquivó la cocina. Rebeca Castro los condujo hasta la habitación situada a mitad de pasillo, la que le habían visto cerrar con tanto mimo en su primera visita. Al entrar, se toparon con lo que quedaba de Pedro Castro de cuerpo presente. La estancia desprendía un olor insufrible.

—Quería que conocieran a mi marido —dijo mostrando una entereza que los sorprendió. Es terrorífico a lo que son capaces de acostumbrarse tanto la nariz como el ánimo.

Corominas sintió compasión. Por ella y por su hijo. Y comprendió por qué el chaval había hecho lo que había hecho. Ver deshacerse a alguien a quien amas es lo más duro a lo que uno se puede enfrentar. Él mismo lo había vivido en sus propias carnes a lo largo de los últimos tres meses.

La mujer cerró la puerta como si temiera desvelar al bebé que acaba de coger el sueño y los hizo pasar a la habitación contigua. Era la de su hijo. Su intención era clara: mostrarles todo lo que hay detrás de una decisión, aunque sea mala. Que Javier era un chico normal a punto de darse de bruces contra la adolescencia, no un asesino vil.

A diferencia de la de Álvaro, la estancia era de lo más sobria. Ni rastro de un ordenador, ni de una cadena de música ni de ninguno de los lujos de los que parece depender la vida de un chaval hoy en día. Ni siquiera un póster. Tan solo unos cuantos libros apilados en una estantería.

Corominas se acercó y curioseó los lomos. Algunos eran manuales de clase; otros, novelas sobadas de segunda mano. Entre todos los títulos, se quedó con uno: un ejemplar ilustrado de *La narración de Arthur Gordon Pym* traducido por Cortázar. Era el mismo que le había comprado a Álvaro hacía algún tiempo.

—Se lo regaló su padre. A Javier le gustaban los dibujos.

Al pasar las páginas al tuntún, Corominas encontró el folleto de Ofidia Gardens.

—Ayer me dijo que Javier la había llamado para despedirse.

La mujer asintió a sus palabras con un ademán medido.

—Quiero pedirle un favor, señora Castro: quiero que le devuelva la llamada y me deje hablar con él.

Le bastó con atender un segundo a sus ojos para saber lo

que sus palabras acababan de provocar. La mujer se sentía como una madre a punto de vender a su hijo, pero el mismo sentimiento que la hacía revolverse por dentro la impulsaba a protegerlo de cualquier mal. Y sabía que aquellos dos hombres eran su única opción.

—Le estoy pidiendo que confíe en mí —agregó Corominas, dispuesto a aprovechar su congoja.

El teléfono sonó varias veces antes de que Javier se decidiera a cogerlo. En cuanto la comunicación se estableció, Agüero activó el altavoz.

—Hola, mamá.

—Hola, hijo, ¿estás bien?

—Sí...

—Escúchame, Javier. —La mujer trató de atajar el llanto—: Tienes que entregarte.

La línea enmudeció mientras la súplica calaba en el hijo como si fuera una llovizna casi invisible.

—Por favor...

—Han matado a Jon, mamá... No tenía culpa de nada —gorjeó entre la pena, el miedo y la rabia—. Solo quería ayudarme. Se lo han cargado y harán lo mismo conmigo, ¿no lo entiendes? A nadie le interesa un *pavo* la verdad. Quieren venganza.

Rebeca Castro rompió a llorar. Corominas tomó el testigo y trató de que su voz sonara tranquila.

—Hola, Javier: soy el inspector Herodoto Corominas, de la Policía Nacional. No hace falta que hables, solo quiero que me escuches, ¿de acuerdo? Un minuto. No pido más.

Cerró los ojos y cruzó los dedos. Tenía que ganarse la confianza del chaval como fuera y no tenía mucho tiempo.

—Te voy a decir lo que sé —arrancó—. Sé que tú mataste a Antonio Falcón. No te mentiré: tendrás que pagar por ello. Pero sé por qué lo hiciste, y el único modo de demostrarlo es que te entregues y declares.

Corominas podía escuchar la respiración eléctrica del chaval a través de la línea. Al comprobar que seguía allí, tomó aire y se dispuso a pedirle un último acto de fe.

—No me conoces, pero quiero lo mismo que tú. Tu madre dice que eres un buen chaval. Listo. Y la creo —dijo acentuando la convicción—. Demuéstramelo.

La comunicación permaneció abierta unos segundos más. El inspector imaginó a Javier Castro sopesando sus opciones, que eran más bien pocas: hiciera lo que hiciera, todo iba a cambiar para siempre. Ya lo había hecho.

A medida que lo conducían camino de la sala de interrogatorios, todo aquel con el que se cruzaron giró la cabeza para observar al temible asesino de Antonio Falcón: un adolescente de aspecto tímido y miedo en la mirada.

Agüero lo sentó y le leyó de nuevo los derechos: a callar, a no responder a ninguna pregunta, a no confesarse culpable y a solo declarar ante el juez; a pedir un abogado, o se le asignaría uno; a que se informara a su tutor legal de qué se lo acusaba y dónde lo tenían, y, si así lo solicitaba, a que un médico forense le echara un vistazo. Javier asintió a todo sin decir palabra.

—Tu madre llegará enseguida —lo informó Corominas.

—¿Ha hablado con ella?

El inspector asintió.

—El abogado también está de camino.

Justo en ese instante, un agente llamó a la puerta y le comunicó que Contreras quería verlo de inmediato. Corominas se puso en pie y respiró hondo.

El comisario lo esperaba esparcido en su flamante butaca nueva. Al verlo entrar, le indicó que se sentara con la mano. Su rostro era pura complacencia.

—Nos van a mirar con lupa, así que espero que la detención haya sido la más limpia de la historia, ¿estamos?

—Estamos.

—Pues asunto finiquitado. Vete a casa y disfruta del triunfo —zanjó mientras lo despedía con un nuevo aspaviento.

Al ver que Corominas permanecía inmóvil, torció el gesto.

—No me toques los cojones, Herodoto, no me toques los cojones… Eres como uno de esos perros que se te enganchan al pantalón y no hay Dios que se los quite de encima. Los de arriba quieren dar una rueda de prensa cuanto antes, así que lo último que necesitamos es que vengas a remover la mierda de nadie —lo advirtió—. El chaval ya no es asunto tuyo, ¿entendido? Clemente se encargará de la declaración, así que punto y final.

Al ver la cara que traía, Agüero lo interrogó con la mirada. Corominas se limitó a arrugar el morro. No le apetecía hablar. El inspector jefe Clemente era el ojito derecho de Contreras, un policía de manual al que llevaba tiempo preparando para que ocupara su puesto en cuanto los del ministerio se percataran de lo desaprovechado que estaba su talento en aquella mísera ciudad de provincias.

—Avísame cuando lleguen Clemente y el abogado.

Al escuchar el nombre, Agüero comprendió la situación al vuelo. Asintió y cerró la puerta. Corominas confiaba en que el juez Miralles aguantara la presión. Tenían las cuentas del ordenador de Falcón y, si la hija de Vázquez se portaba, la hucha donde almacenaba sus ahorros: indicios suficientes para abrir una causa contra él que le permitiera presionar a Lacunza y al resto de comerciantes de San Marcial.

Estaba seguro de que si los apretaba, alguno acabaría por derrumbarse. Pero faltaba la declaración del chico. Sin ella, todo estaba en el aire. Lo único que los vinculaba directamente con el asesinato era su testimonio. Y luego estaba el tema de la muerte de Manel Urrutia. Necesitaba saber el paradero de la pistola de Falcón. Martínez le había dicho que era probable que conservara algún tipo de resto biológico. Una prueba forense.

Javier tenía la mirada vencida sobre la mesa.

—Ahora vendrán a tomarte declaración —lo informó Corominas—. Tienes dos opciones: o contar lo que sabes o comerte el marrón solito. Tú decides.

El chaval alzó la cabeza.

—¿Y de qué servirá?

El inspector trató de mostrar firmeza, aunque compartía su mismo temor.

—Lo que es seguro es que, si no hablas, Lacunza se libra.

—Mi madre se acostaba con él, ¿verdad? —respondió Javier—. Me refiero a Falcón —añadió de seguido.

El ceño de Corominas se arrugó. Y entonces cayó en la cuenta: nadie le había contado al chaval lo de su madre, pero lo había intuido de algún modo.

—Cuando me enteré de que le habían cortado los huevos, no lo entendí. Pero luego caí en la cuenta... Lacunza quería asegurarse de que la jugada le salía bien sí o sí. —Una sonrisa agria se formó bajo su nariz—. Pensará que soy gilipollas... Ya ve, estaba jodido desde el principio. Incluso desde antes de que mi padre se quedara como un puto vegetal. Algunos no tenemos ni media oportunidad; nacemos tarados, ¿sabe? Jon lo sabía. —Javier no pudo evitar la lágrima al recordar a su amigo, pero en cuanto el líquido le empezó a desbordar la atajó con un manotazo—. Pero ¿sabe qué le digo? Que me alegro de haber rajado a ese hijo de puta, y va y resulta que ahora puedo decidir algo de verdad por primera vez en mi vida...

Sus miradas se encontraron. A Corominas le bastó un segundo para darse cuenta de que lo acababa de perder.

—Pues ¿sabe qué?: que decido que prefiero ser el asesino que el gilipollas.

Agüero golpeó la puerta con los nudillos y asomó la cabeza.

—Acaban de llegar.

El abogado de oficio era un tipo de lo más lúgubre. Quizás se sacaba un sobresueldo como enterrador. El traje le iba un par de tallas grande y era de hacía unas diez temporadas. «Es hasta probable que se lo haya expoliado a algún cadáver», pensó Corominas al verlo.

—Luis Garbayo —se presentó—. ¿Puedo hablar con el chico a solas, por favor?

El inspector se puso en pie y le cedió el asiento.

—El juez Miralles es un tío justo —se despidió mirando fijamente a Javier; era un último intento a la desesperada—. Piénsatelo.

—¿Miralles? —levantó la ceja el abogado, algo taciturno—. El caso ha pasado al Juzgado de Menores, inspector. Lo lleva la jueza Núñez.

La revelación le sentó como un guantazo. Debería de haberse dado cuenta. Por mucho que hubiera asesinado a alguien, Javier Castro tenía catorce años, por lo que era penalmente responsable, pero no se le aplicaba la legislación ordinaria. Acababa de perder la última esperanza de control que le quedaba sobre el caso. Núñez era de las que tenía carné; incluso había pedido una excedencia hacía algunos años para ir en las listas de Ofidia Unida, el partido que gobernaba en la Comunidad y el Ayuntamiento. La justicia es ciega, los jueces no. *Acta est fabula.*

Corominas se fue a casa con el rabo entre las piernas. Lo primero en lo que se fijó al entrar fue en que Laura había puesto la mesa en el salón. Eso solo podía significar una cosa: tenían invitados. Su instinto le dijo que se trataba de la presentación oficial de la novia de su hijo. Pero erró con estrépito.

Su mujer surgió de la cocina con una fuente seguida por

una mujer menuda y resuelta. Corominas supo quién era al instante.

—Siempre he dicho que tenías un radar de lo más sensible para la comida.

—Será para eso —replicó—, porque todo lo demás se me escapa, al parecer.

—Ya conoces a Elena —siguió Laura haciendo caso omiso de su sarcasmo—. Se va a quedar con nosotros unos días. Alba tenía que marcharse y el Ayuntamiento sigue dándonos largas con lo de la vivienda social. La he instalado en la habitación de Álvaro. Él dormirá con tu padre y Reyes. Está encantado.

Corominas frunció el ceño. Laura, que conocía de memoria cada mueca y arruga de su rostro, supo que la noticia no le había caído del todo bien.

—¿Nos disculpas un momento, Elena?

La mujer asintió discreta y se refugió en la cocina.

—A ver, dime —pronunció, paciente.

—¿Cómo se te ocurre? —respondió Corominas.

—¿Cómo se me ocurre qué? ¿No dejarla en la calle?

—Sabes a qué me refiero.

—No, no lo sé, cariño.

—Me parece perfecto que te impliques, pero esto es pasarse, ¿no crees?

—¿Y cuál es la diferencia?

—¿A qué te refieres? —se hizo el tonto Corominas.

—A que toleras que vaya a las reuniones de la Plataforma, pero no que salga a la calle o que traiga a casa a una mujer a la que han dejado en la calle. Vamos, que la cosa te parece bien mientras al señor no le afecte.

—No tiene nada que ver —se defendió, consciente de que estaba en lo cierto y le había dejado los principios en pelotas—. A lo que me refiero es a que has traído a una mujer a nuestra casa sin siquiera consultarme.

—¿Y qué querías, que mirara hacia otro lado?

—Solo digo que, al menos, me lo podrías haber dicho. Nada más. ¿O acaso no pinto nada en esta casa?

Corominas descargó su frustración como una tormenta de verano. Laura lo observó y descubrió que estaba cerca de la lona. Y supo que su mal iba más allá.

—¿Qué pasa, cariño? —Su tono era conciliador. Casi maternal.

—Nada —respondió Corominas—. Solo que, por una vez, me gustaría no ser el último mono.

Laura se acercó y le acarició la mejilla. Lo miró a los ojos, y finalmente, lo besó.

—¿Qué hacemos entonces con Elena? —susurró tras despegar sus labios, unidos aún por un puente de saliva.

—¿Tú qué crees? —protestó Corominas, vencido.

—Pues que antes de que tomes una decisión, deberías probar su comida —respondió su mujer—. Ha hecho ceviche.

Álvaro, que había llegado a casa con la discusión en curso, los esperaba sentado en la cocina junto a Elena, que aguardaba su sentencia con expresión preocupada. La pobre se veía bajo el puente por culpa del madero.

Laura asomó la cabeza junto a Corominas.

—¿Ya habéis acabado? —exclamó su hijo—. Pues muy bien, porque tengo ensayo a las cuatro y me muero de hambre.

III

El agente de la entrada lo avisó de que un tal Miguel Lacunza preguntaba por él. Corominas le dijo que lo llevara a una de las salas de visitas de la planta baja. No quería que Contreras se enterara de que se había pasado sus órdenes por el forro. A todos los efectos, la presencia del librero era solo eso, una visita de cortesía.

Mientras esperaba, el hombre repasó la habitación. No había ni espejo, ni mesa descascarillada con argolla en la que cerrar unas esposas, ni olía a pis, sangre, sudor ni lágrimas. Tampoco encontró ninguna cámara de seguridad en alguna esquina del techo. Más bien parecía una simple sala de visitas, tal como indicaba el nombre que había visto escrito en un cartelito de quita y pon al entrar.

Corominas le estrechó la mano y se sentó frente a él.

—No se parece en nada a las de las películas.

—Esto no es un interrogatorio, señor Lacunza, sino una conversación amistosa —le indicó—. No está usted acusado de nada. El caso está cerrado. Claro que, si lo desea, puede llamar a un abogado. Me veo en la obligación legal de decírselo.

—Conozco mis derechos, inspector.

—Muy bien. El motivo de que esté aquí es que quería informarle personalmente de la situación —prosiguió Corominas en tono de funcionario hastiado—. Hace dos noches detuvimos a Javier Castro. Ha confesado, así que, en lo que a nosotros respecta, el asunto está, como le decía, cerrado. En cuanto a la muerte del señor Urrutia, la Municipal nos ha informado de que la cosa no parece tener muchas posibilidades de solucionarse.

Lacunza seguía la explicación sin mover un músculo.

—Una pena. Era un buen hombre.

—Solo queda un asunto pendiente... —añadió Corominas—. ¿Puedo serle franco?

El inspector esperó a que el librero le diera pie a la confidencia.

—Llevo muchos años en esto, y le puedo asegurar que las cosas han cambiado mucho. Pero hay algo que siempre permanece inalterable.

El rostro de su interlocutor mostró un ligero desconcierto.

—La política lo inunda todo, señor Lacunza. Entra como una marea suave y pringa lo que toca como el petróleo. —A estas alturas, su rostro había perdido cualquier rastro de amabilidad—. Ambos sabemos que es usted un hijo de la gran puta. Tengo que reconocerle que no dejó nada al azar; incluso es probable que supiera que jamás permitirían que la mierda del subinspector Falcón saliera a la luz. Y, ya ve: tenía razón.

—Todo sistema gasta una enorme cantidad de energía en evitar el colapso —se limitó a responder el librero—. El caos no beneficia a nadie. No se equivoque, inspector: en este caso hemos ganado todos.

—Ha muerto un chico de catorce años —replicó Corominas—. Y la vida de otro se ha ido por el retrete.

—Le responderé con la misma franqueza de la que ha hecho usted gala —se revolvió Lacunza—: esa muerte fue un error suyo, no mío. En cuanto a Javier Castro, era perfectamente consciente de lo que hacía. La cosa se limitaba a una mera transacción comercial entre adultos.

—Javier Castro no es más que un crío de la edad de su hijo y el mío.

—Ambos ganábamos algo, y el chaval lo comprendió enseguida, se lo aseguro.

—Pero usted descubrió que Falcón se follaba a la madre y decidió aprovechar la jugada. Y, de paso, le pasaba factura a ella.

—La providencia, inspector —señaló Lacunza sin deje mesiánico alguno—. En cuanto a Rebeca Castro, jamás sentí mucho por ella, si es eso lo que insinúa. Se ha limitado a servir a un propósito.

Corominas tuvo ganas de levantarse y cruzarle la cara. El hombre que tenía delante era el tipo más frío con el que se había topado. Ni un rictus de culpabilidad ni, mucho menos, de arrepentimiento. Era un depredador paciente.

—Déjeme que le explique algo —continuó el librero—: llegó un día en el que, simplemente, me cansé de perder. Vivimos rodeados de un creciente sentimiento de impunidad, y nosotros somos los únicos culpables. Usted y yo. Por desidia y por cobardía. Pero todos tenemos un límite. ¿Por qué no íbamos a aprovecharnos de lo que hemos creado? Así que decidí que había llegado el momento de dejar de ser una víctima.

—¿Víctima? —enarcó las cejas Corominas—. Tiene gracia. Primero se deshicieron del padre y ahora liquidan al hijo. Yo diría que usted es más bien un verdugo en serie.

—¿De qué está hablando?

—Sé lo del padre del subinspector.

—¿Y qué es eso que sabe?, dígame.

—Que tiene cierta tendencia a solucionar sus problemas por la brava.

Lacunza lo observó entre curioso y divertido.

—Creo que le han informado mal. Sebastián Falcón tenía una afición, digamos, difícil de contener… Era un maldito borracho, inspector. Todo el mundo lo sabía, y él se encargaba de recordarlo a cada rato. El hombre fue el único culpable de lo que le pasó. —Al observar el desconcierto de Corominas, añadió—: Quizás le parezca algo prosaico, pero así fue. No hubo conspiración criminal, se lo aseguro. Una vez más, la providencia nos echó una mano. Y luego se cobró la deuda con creces.

—En el expediente no figura nada de eso.

—Supongo que el subinspector movió los hilos que tenía que mover y pidió o se cobró los favores correspondientes. Este es un país de chantajes. Grandes, medianos, pequeños, diarios. Lo que le puedo asegurar es que Sebastián Falcón duplicaba la tasa de alcohol permitida en el momento de la desgracia. No tiene más que preguntar.

Corominas pensó si Durruti tenía algún motivo para haberse inventado la historia.

—¿Por qué se marchó del barrio, entonces?

—Supongo que tuvo que inventarse el cuento para cubrir al padre, y el pobre acabó creyéndoselo. Cuando regresó, hablamos con él y nos dimos cuenta de que se había repetido la cantinela tantas veces que estaba convencido de que éramos culpables. No podía soportar la verdad.

—Le diré una cosa, señor Lacunza. Al igual que usted, yo también empiezo a cansarme de perder.

El librero trató de discernir por dónde lo iban a apuñalar. Lo había dispuesto todo al milímetro, menos la capacidad de hastío de Corominas.

—He hecho lo que tenía que hacer. ¿Está usted dispuesto a pagar el precio por hacer lo mismo? —lo desafió el librero mientras se alisaba una arruga invisible del pantalón.

Lacunza se puso en pie, pero Corominas ni siquiera lo miró, sumergido en sus propios pensamientos.

—Gracias por la charla, inspector. Y no se olvide de saludar de mi parte a su padre cuando lo vea.

Corominas permaneció un buen rato sentado. Exhausto. Asqueado. Cabreado. Hubiera permanecido allí horas de no ser porque el agente que había conducido a Lacunza hasta la salida entró para ver si le pasaba algo. El inspector lo tranquilizó con un ademán. En su cabeza había comenzado a entonarse un mantra: «No tienes huevos, inspector. No tienes huevos».

El invierno había regresado a su estado natural: un frío intenso y un sol mortecino. Como si ahora que el drama había terminado, los tramoyistas se hubieran llevado la máquina de nieve a otra parte.

Tras una llamada al perito que había llevado el caso del padre de Falcón, Corominas se enfundó el *fedora* y salió a tomar el aire. «No había motivo para crucificar al hijo por los pecados del padre», se había excusado el doctor Murcia, felizmente jubilado hacía un par de años. «A veces, desde nuestra minúscula posición tenemos la oportunidad de hacer algo. No me arrepiento. Si quiere denunciarme, está en su derecho. Yo estaba en el mío de hacer lo que hice.»

«No tienes huevos, inspector. Eso es lo que te pasa, que no tienes huevos», se repitió.

Vázquez le adivinó el malestar nada más verlo.

—Pareces un alma en pena.

Corominas se dejó caer sobre uno de los taburetes sin abrir la boca.

—¿Un té? Aunque, por la cara que traes, lo que me sale es plantarte delante un cubo de orujo.

—Un té está bien —respondió. Estaba de cuerpo presente, pero poco más.

—¿A qué viene esa cara? Habéis pillado al chaval, ¿no? Pues asunto resuelto. Igual de esta hasta te ascienden y todo —soltó Vázquez con sorna.

—No me toques los huevos, subinspector, que no está el horno para bollos.

—A ti lo que te pasa es que nunca tienes bastante. Parece mentira que un viejo como yo tenga que contarte cómo funcionan las cosas a estas alturas. Olvídate de justicias poéticas y demás mariconadas. Siempre ha sido así, y siempre lo será. Si no te gusta, te largas y abres un bar. Eso, o tienes los santos cojones de tomarte la justicia por tu mano.

Corominas pensó que el subinspector lo conocía como si hubiera salido de su vientre.

—Así que una de dos: o arramblas con todo o te la envainas, no hay más.

Agüero asomó la cabeza y pegó el morro al cristal. Al descubrir a su jefe dentro, fue a su encuentro.

—Se acaban de llevar al chaval a los juzgados —lo informó—. Van a dar una rueda de prensa a las doce.

—Vecinos de Villar del Río: como alcalde vuestro que soy, os debo una explicación, y esa explicación que os debo, os la voy a dar —se mofó Vázquez a grito pelado.

—Quieren que el asunto abra todos los informativos.

—Lo dicho —apostilló Vázquez.

En cuanto la jefa de prensa del delegado envió la nota convocando a los medios, Durruti marcó el móvil del inspector al borde del colapso. Corominas echó un ojo a la pantalla y torció el gesto. Se había olvidado completamente de él.

Se puso en pie y salió a la calle en busca de cierta intimidad.

—Pensaba que eras un hombre de palabra —le espetó el periodista nada más descolgar.

—Y lo soy —contestó, cansado. No le apetecía bailar aquella pieza.

—Lo que eres es un hijo de la gran puta, dicho sea con todos los respetos. Teníamos un acuerdo, tú y yo.

—Y lo pienso cumplir.

—Pues ya me dirás... Señalado lo cual, déjame que te diga otra cosa: te has cagado por la pata abajo.

—El chaval es culpable.

—No te digo que no. Pero en este país siempre pagan los mismos.

Corominas recordó las palabras de su mujer. Igual se habían puesto todos de acuerdo para amargarle la existencia.

—Déjame que te diga algo —contraatacó. No estaba dispuesto a perder otro asalto—: No he sido precisamente yo quien más la ha cagado en este caso.

—¿Qué quieres decir?

—Lo que oyes.

—No sé de qué me hablas.

—De que yo no voy por ahí contando bulos.

La línea quedó en silencio. Corominas lo imaginó en su silla ergonómica al borde de la hipoxia.

—Escúchame bien, inspector: en mi vida he publicado nada que no fuera cierto, ¿me oyes? Así que vete a tocar los cojones a otra parte.

—Respóndeme a esto, plumilla: ¿quién te pasó la información de que habían sido no sé qué fuerzas oscuras las que se habían quitado de en medio al padre de Falcón?

—Una fuente.

—Ya. Pues que sepas que te echaron el hueso y te lo tragaste enterito.

—¿Qué quieres decir?

—Que el accidente de Sebastián Falcón fue una cagada suya como un pino. El hombre tenía más alcohol en sangre que estrellas el Madrid, y el hijo se encargó de taparlo y te vendió la burra. ¿Acaso se te ocurrió comprobarlo? Porque yo acabo de hacerlo. Me ha bastado con una llamada.

—Veo que el sistema se te ha comido ya el alma a bocados —replicó Durruti, herido en su amor propio.

—Falcón le suplicó el favor al perito, y el hombre se lo hizo para que el padre no perdiera la indemnización si dictaminaba negligencia.

Sabía que acababa de torpedear la línea de flotación más sagrada de un periodista, pero su intención no era ensañarse. Un borrón en el expediente lo luce cualquiera. Nada más acabar su conversación con Murcia, había repasado las informaciones del caso publicadas por Durruti y había constatado que el periodista se había aferrado con uñas y dientes a la teoría de que una mano negra se había quitado al sindicalista de encima justo en el momento adecuado, qué casualidad. El informe del perito exonerándolo de culpa era la prueba irrefutable de que la cosa olía a tufo. Su afición por la conspiración había hecho el resto. Falcón sabía perfectamente a quién dirigirse.

A Corominas, que tenía el culo pelado de leer entre líneas, no le había costado mucho deducir que el padre había estado filtrando a Durruti los números de la empresa, y que el periodista, al ver amputada de cuajo su fuente, había dado por seguro que entre unos y otros lo habían hecho callar. La Liver Chemical exigió su despido inmediato y el periódico, para que no pareciera que claudicaba a las presiones del capital, enterró el tema desterrándolo a una delegación.

Cuando la fábrica emigró a tierras de promisión más favorables, el hombre sacó pecho y solicitó regresar al puesto del que esos mamones que no tenían ni puta idea de lo que era el verdadero periodismo, el de trinchera, lo habían echado. Pero Durruti era ya un dinosaurio, así que aprovecharon para hacerle una fiesta de jubilación por los servicios prestados y listo.

El asesinato de Falcón le había devuelto la oportunidad de reivindicarse. Por eso había aprovechado su conversación con Corominas: a ver si el madero hurga en la mierda y yo, por fin, cierro bocas.

—Pero, para que veas que no soy rencoroso y cumplo, voy a hacerte un favor —dejó caer Corominas.

—Dispara.

—Aún tengo algo pendiente. Pero, en cuanto lo solucione, serás el primero en saberlo.

IV

En cuanto empezó la cabecera del telediario, Corominas mandó callar a la concurrencia y subió el volumen. Allí estaba. Plano frontal de una mesa en la que se apretujaban el delegado, el jefe superior de Policía, el jefe de la Policía Municipal y el concejal de Seguridad Ciudadana. Un paso atrás, de pie, Contreras se había hasta planchado el uniforme. El hombre sacaba pecho, proyectaba mentón y metía tripa sin darse cuenta de que parecía a punto de asfixiarse.

La información reproducía palabra por palabra la historia maquinada en los despachos del poder. Corominas cambió de canal. Más de lo mismo: Javier Castro había asesinado al subinspector Antonio Falcón, héroe caído de Ofidia, al enterarse de que se acostaba con su madre, una pobre mujer atada a un lisiado que había tenido un desliz. El chico lo había confesado todo y había pasado a disposición judicial. El circo podía comenzar.

Corominas se preguntó si alguien se había molestado en hablar con Rebeca Castro. Era evidente que no. La prensa se había limitado a seguir el dictado. Aunque tampoco estaba seguro de si la mujer estaría dispuesta a contar la verdad, o de si, llegado el caso, alguien creería a una madre dando zarpazos a diestro y siniestro para salvar a su cría.

Al terminar la pieza, el repiqueteo interior que aludía a su falta de virilidad cesó mientras hilvanaba una sonrisa. Más bien fue una mueca de crío travieso. La conversación con Vázquez había sido un chute con efectos retardados. El subinspector sabía azuzarlo como nadie.

En cuanto las imágenes viajaron hacia conflictos lejanos, devoró la comida como si no se hubiera llevado nada a la boca en semanas y, aún con los carrillos llenos, se levantó y fue a por su chaqueta. Laura y Álvaro no salían de su asombro. Elena, que no era muy habladora, optó por mantener un prudente silencio, actitud que sostenía con tesón siempre que él estaba en casa. Corominas se preguntaba si, a solas con Laura, la mujer recordaba cómo articular las palabras.

Por el camino llamó a Agüero y a Pedregosa para citarlos en el Biscuter a última hora y puso rumbo a San Marcial. Por suerte, ya no quedaba ni rastro de nieve en las calles, ni siquiera a la sombra. Si le hubieran preguntado, habría apostado a que no volvería hasta marzo.

Como su vehículo no tenía GPS, condujo de memoria y, para su sorpresa, encontró la calle donde residía Rebeca Castro a la primera. Llamó al telefonillo y esperó.

—¡Déjenme en paz! —le espetó una voz derrotada.

—Soy el inspector Corominas, señora Castro. Me gustaría hablar con usted. —Quiso añadir algo, pero no encontró el qué. Tampoco quería presionarla.

—Suba —respondió ella finalmente.

La mujer dejó la puerta entreabierta y desapareció. Corominas sabía dónde encontrarla.

—¿Qué quiere? —le soltó nada más verlo.

No traía el discurso hilado, así que la demanda lo pilló desprevenido. Mientras trataba de armar un relato coherente, la observó. Sus ojeras parecían de camuflaje; estaba claro que no había dormido ni una hora desde la detención de su hijo.

—Que hable con alguien —dijo al fin.

—No necesito ayuda de ningún tipo —se revolvió ella, orgullosa.

—No me refiero a eso —aclaró Corominas—. Me refiero a un amigo mío. Un periodista.

Rebeca Castro entornó los ojos.

—¿Un periodista? ¿Y para qué?

—Quiero que le cuente la verdad.

—¿Qué verdad, inspector?

La pregunta dejó a Corominas en paños menores.

—Creo que ambos sabemos a qué me refiero —dijo al rato—. Es el único modo de que se haga justicia.

—¿Y por qué no la cuenta usted? —No era un reproche, sino una simple pregunta. Un ofrecimiento de lo más obvio.

—Yo haré mi parte, le doy mi palabra. Pero necesito que le cuente lo que sabe.

—¿Y de qué servirá? Mi hijo ha matado a un hombre. Nada va a cambiar eso.

—En su caso concurren circunstancias atenuantes —expuso. Era cierto—. Hace unos días le dije que lo mejor que podía hacer por Javier era convencerlo de que se entregara. Pues bien, ahora le digo que, llegados a este punto, lo mejor es que hablen, usted y él. De lo contrario, Lacunza y los demás son intocables. En cuanto a Antonio Falcón, ese es asunto mío.

Su discurso pareció abrir una pequeña brecha en la loriga con la que la mujer se había protegido en los últimos días.

—Esta ciudad vive ahogada en el encubrimiento, el favor, la prebenda y la bicoca —desgranó Corominas—. Todo se barre bajo la alfombra y la mierda nos llega ya hasta las orejas, ¿y sabe por qué? Porque no hacemos nada. Pues bien, yo he decidido dar un paso al frente. Pero no servirá si usted no da el suyo. Aunque si no quiere pasar por todo eso, lo entenderé y el tema quedará zanjado aquí mismo.

Agüero lo esperaba dentro del bar. Vázquez y él estaban enzarzados en una discusión más subida de tono de lo habitual. Corominas supo al momento de qué se trataba: solo una mujer es capaz de encender así una bronca entre machos. De haber tenido cornamenta, hubieran topado cabeza contra cabeza.

—Te lo advierto, pichabrava —lo amenazó Vázquez con el puño cerrado—. Como te acerques a menos de mil kilómetros de mi hija te desarticulo el paquete a tiros.

—Bego ya es mayorcita —replicó Agüero.

Corominas se quedó pasmado. ¿Cuándo había comenzado a llamarla así? Estaba claro que el subinspector no había perdido el tiempo. Se acercó hasta la barra y le echó una miradita: «Te lo advertí».

—Mi hija te queda grande, chaval, ¿me oyes?

—¿Qué insinúas?

—No insinúo nada: afirmo —le espetó Vázquez—. Así que tú y tu polla manteneos bien lejos de ella.

Al percatarse de la presencia de Corominas, el dueño del bar le clavó la dentellada sin darle tiempo a quitarse la chaqueta.

—¡Todo esto es por tu culpa!

—¿De qué hablas? —trató de hacerse el despistado.

—De que te dije que no la metieras en problemas y ahora este no piensa más que en quitarle las bragas. De eso hablo. Así que te hago responsable.

—¿Y se puede saber qué culpa tengo yo? Los dos son adultos.

—Habla por mi hija, no por el salido de tu ahijado.

A Corominas le hizo gracia el modo en el que Vázquez se había referido a su relación con Agüero. Desde que lo habían destinado a su comisaría, lo había acogido bajo su protección. El chico, simplemente, le había caído en gracia. Cuando ascendió a subinspector, Agüero sopesó cambiar de destino, pero Corominas lo convenció para que se quedara. Ofidia era una ciudad tranquila, pero a veces tenía lo suyo.

—Así que ambos quedáis advertidos —zanjó la cuestión Vázquez mientras regresaba tras la barra.

—No podías dejar la cosa quieta, ¿no?

—Fue ella quien me llamó —se defendió Agüero—. Además...

—Además, ¿qué?

—Que me gusta, inspector. Me gusta de verdad.

En todos sus años de andanzas, era la primera vez que lo escuchaba decir semejante cosa; aquello iba del todo contra su propio código.

—¿Y cuándo te has dado cuenta de eso? ¿En una charla de despacho en la que no abriste la boca?

Entonces, Agüero hizo algo inusual: enrojeció.

—Después me llamó y quedamos. Yo fui el primer sorprendido, créeme.

—¿Y cómo adivinó tu teléfono? —lo acorraló Corominas.

—Se lo di al despedirme... Por si necesitaba cualquier cosa.

—Cualquier cosa, claro.

Pedregosa se presentó a la media hora. Nada más cruzar la puerta, hizo una seña a Vázquez para que le pusiera una caña y se dirigió a su mesa.

—Aquí me tienes, inspector —saludó mientras se dejaba caer sobre la silla. Traía la respiración algo cortada y la frente empapada.

—¿Qué tal van las cosas por ahí?

—Pues de lo más tranquilo.

—Al final tus jefes se han salido con la suya.

—Y los tuyos —se apresuró a recalcar—. Tú lo sabías, yo lo sabía, él lo sabía y todo hijo de vecino lo sabía.

—Un chaval muerto y otro jodido de por vida, pero el honor ha quedado intacto —dejó caer Corominas, sarcástico.

—¿De qué te sorprendes? Siempre ha sido así. En tu casa y en la mía. Uno aprende a base de golpes, como un chucho. Eso somos, inspector, chuchos. La patada, el collar y el bozal vienen con el uniforme.

—Tienes razón. Pero siempre queda una grieta por la que el agua se cuela y acaba rajando la roca.

—No, si ahora resultará que eres geólogo. Y supongo que esa dichosa grieta tiene algo que ver conmigo, claro. ¿Qué tienes en mente? ¿La gota malaya?

—Más bien la bomba anarquista.

Pedregosa lo observó con atención. Sabía que Corominas daba vueltas a algo y no estaba seguro de querer saberlo. Porque bueno para su salud no iba a ser.

—¿Y qué buscas?, ¿mi permiso, mi bendición o mi ayuda?

—Ninguna de las tres. Pero te has ganado el respeto y la

cortesía. Y, de paso, pues te doy la oportunidad de que te cubras las espaldas.

—Está bien —murmuró el municipal—. Suéltalo.

—¿Conoces a Durruti?

—¿El rojo?

—Ese mismo, pero otro —puntualizó Corominas—. Paco Erice. Lleva una página web de información local.

—¿Quieres filtrarle la historia? —Pedregosa comenzaba a atisbar que la cosa se iba a salir de madre. «El tío que tengo delante es un suicida», pensó, «porque todos los dedos apuntarán a su propio culo».

—Fue él quien me puso en la pista de la investigación de la UCO. Pero, sin pruebas, está atado de manos. Lo que me propongo es dárselas.

—Las cuentas.

—Las cuentas, su entramado inmobiliario-financiero y la autopsia de Manel Urrutia, para ser exactos —precisó—. He tenido una charla con un contacto antes de venir. —Al municipal no le interesaba saber lo más mínimo que se trataba de la hija de Vázquez o el exsubinspector pondría definitivamente precio a su cuello—. Quería saber si había localizado la caja alquilada por Falcón a nombre de Sánchez Colsa y me ha confirmado que hay una con ese titular en el Banco del Espíritu Santo.

—Igual pensaba que Dios le bendeciría la pasta y podría disfrutarla sin remordimientos —se mofó Agüero.

—¿Y qué esperas conseguir? —quiso saber Pedregosa—. Con eso agitarás el árbol, pero no caerá ni una manzana, te lo aseguro. En todo caso, pagará algún justo que yo me sé.

—Llevamos media vida callando, y el silencio te jode el alma.

—Predicas en el desierto, inspector.

—Eso es problema mío.

Los tres permanecieron un buen rato callados. Pedregosa agitaba la cabeza de vez en cuando, como si sostuviera una discusión interna de lo más agitada. Corominas tenía mucho que perder, pero él también. Al fin y al cabo, Falcón era su subordinado y quienes suelen acabar en el matadero en estos casos son los mandos intermedios. El político no dimite: niega y se acabó.

—¿Y qué pasa con Lacunza *and company*? Porque con todo lo que me estás contando lo único que vas a lograr es hacerles parecer las pobres víctimas de un cabrón de uniforme —expuso—. ¡A ver si ahora resultará que aquí los más hijos de puta van a poder reclamar daños y perjuicios!

—Rebeca Castro ha aceptado hablar con Durruti y contarlo todo.

—Aun así, es su palabra contra la de ellos. Y ya sabes lo que van a decir…

—Para determinado tipo de gente, hay algo peor que la cárcel —pronunció Corominas.

—Muy bien —respondió finalmente Pedregosa—. Como le dice Sean Connery a Kevin Costner en *Los intocables*: «El señor odia a los cobardes».

V

Miguel Lacunza salió de casa camino de la librería a su hora. El día era un regalo. Dirigió su mirada al cielo y vio un avión trazar una raya blanca de las de escuadra y cartabón. Al bajarla, sus ojos se toparon con un vecino. El librero le dio los buenos días y esperó su respuesta. Pero lo que recibió a cambio fue una mirada de desprecio. Sus ojos se achinaron por un instante. Trató de restarle importancia al feo, de decirse que el hombre había pasado una mala noche. Pero se le agrietó el orgullo.

Desde la muerte de Falcón, se sentía el nuevo rey. Aquel volvía a ser su barrio, sus calles. Habían tratado de joderlo y se había ocupado del asunto, como siempre. El rey ha muerto, viva el rey.

Notó definitivamente que algo iba mal al cruzarse con un nuevo paisano. No era nadie, un hombre más bien bajo y más bien feo. Lacunza lo conocía de vista, como a todos en aquel purgatorio. Había sido electricista de planta en la Liver; un perdedor. Le dio los buenos días con cierta condescendencia, pero el tipo ni siquiera hizo por responder. Se limitó a perderse acera abajo.

Al llegar frente a la librería, Lacunza supo al instante que su efímero mandato había llegado a su fin. Una enorme pintada manchaba el escaparate de lado a lado: «Asesino. Cabrón. Fuera de este barrio». Más tarde, se enteró de que la misma amenaza había aparecido en el bar de Avelino, en la pared junto a la entrada de los recreativos de Pedro Mendes y en los negocios de Chacón y de Cercas.

Estas cosas suceden así. Una perfecta aplicación del efecto ondulatorio de Huygens. Alguien tira una pequeña piedra sobre la superficie de un plácido estanque y genera una sucesión de ondas que se transmiten en todas direcciones. Lo soberbio radica en que cada punto minúsculo del frente de esa onda es, a su vez, fuente de otras olas, y así hasta el infinito. El testimonio de Rebeca Castro en la página web de Durruti fue la pedrada. Precisa y ruidosa; el resto, simple física.

La cosa pasó rápidamente de lo digital a las páginas de los dos principales periódicos de Ofidia, primero, y de ahí a todos los diarios de ámbito nacional, televisiones, radios y demás medios. El barrio de San Marcial volvió a poblarse de plumillas a la caza de alguna palabra exclusiva, diferente a la del plumilla que metía el micrófono o la grabadora justo al lado.

La información provocó el seísmo que Corominas esperaba. La prensa clamó contra la investigación y tanto el delegado como los mandos policiales tuvieron que salir al paso para asegurar que Javier Castro era culpable del asesinato del subinspector Antonio Falcón, lamentar la filtración y asegurar que la pesquisa seguía abierta y que estaban al tanto de todo, pero que hay cosas que es mejor no decir hasta haber reunido todas las pruebas.

La comparecencia fue un calco de la primera, misma sala, misma frontalidad. La única diferencia la constituyó el reparto. Un observador poco avezado podía interpretar que el salto de segunda a primera fila del comisario Contreras suponía su ansiado debut en el teatrillo mediático, pero la realidad era bien distinta. Aunque no se veía la pistola en su sien, Corominas sabía que estaba allí. El único actor que repetía era el delegado. Tanto el jefe superior como el jefe de la Municipal habían comisionado a Contreras y a Pedregosa en su lugar, no fuera que la cosa les salpicara la guerrera.

Al inspector le sorprendió verlo allí. Y más cuando escuchó de sus labios que llevaban dos años investigando las actividades delictivas del subinspector junto a la Unidad Central Operativa de la Guardia Civil. La Policía Municipal se cubría el trasero y, de paso, daba ejemplo de transparencia. Todo un mortal carpado con doble tirabuzón y medio ante el que no pudo más que rendirse y aplaudir.

Contreras, por su parte, informó a la concurrencia de que la Policía Nacional había trabajado estrechamente con el cuerpo local en un intachable ejemplo de colaboración entre fuerzas y cuerpos de seguridad públicos.

—¿Y qué pasa con el chico? —preguntó un periodista.

—Javier Castro es el asesino confeso del subinspector Falcón —respondió el delegado.

—¿Es cierto que llegó a un acuerdo con los comerciantes del barrio como dicen? —inquirió otro.

—En relación con ese asunto —intervino Contreras—, quiero comunicar que este mediodía hemos interrogado a los señores Lacunza, Fuentes, Mendes, Chacón y Cercas al respecto, pero, como comprenderán, no puedo revelar ningún dato. La investigación sigue abierta. Dichos interrogatorios, sin embargo, no modifican en nada una investigación llevada a cabo de modo ejemplar por parte del Cuerpo Nacional de Policía.

Corominas no pudo evitar que le asomara la sonrisa; Contreras protegía su territorio con uñas y dientes.

—¿Mató el subinspector Falcón al señor Urrutia? —aventuró otro periodista.

Esta vez fue Pedregosa quien respondió:

—Trabajamos con la hipótesis de que al señor Urrutia lo asesinaron de un culatazo, pero no hay pruebas que confirmen que se tratara de la pistola del subinspector, al menos hasta que el arma aparezca.

Y antes de que nadie pudiera formular una nueva pregunta, dirigió su mirada directamente a una de las cámaras y dejó caer el discurso en todos los hogares de España:

—Déjenme que les diga algo: Antonio Falcón nos falló a todos. A sus compañeros y a ustedes. Yo era su superior directo y no lo vi venir hasta que fue demasiado tarde, de modo que asumo públicamente mi responsabilidad. Pero también quiero señalar que el cuerpo al que tengo el honor de servir está lleno de buenos hombres.

Al parecer, el aviso de Corominas le había proporcionado el tiempo suficiente para trazar una estrategia provechosa. Quién sabe, igual hasta le echaban un ascenso al hombro. En cuanto a él, pues la cosa se había puesto un poco fea. No había ninguna prueba de que hubiera sido el origen de la filtración, pero, al igual que el subinspector Vázquez, Contreras lo conocía casi desde que vestía pantalón corto.

—No podías dejarlo estar, ¿verdad? Pues ¿sabes qué te

digo? Que me cago en tu puta madre. Si por mí fuera, te mandaba a la cola del INEM a hostias, ¿me oyes? Porque ambos sabemos quién ha largado como un cabrón. Estás suspendido de empleo y sueldo un mes, inspector. Y tu secuaz chupará oficina otro tanto... Y dad gracias por conservar la escala.

Corominas era consciente de que su cabeza iba a pender de un jirón al dar el paso. Pero había aceptado su destino. Lo único que lo había salvado era que había cumplido escrupulosamente con la encomienda: el asesino estaba entre rejas. De haberse visto en la calle, quizás hubiera aceptado el reto de su mujer y se hubiese metido a literato; los sinsabores en ambas profesiones eran de similar calado, al fin y al cabo. En el fondo, quienes tenían la casa revuelta eran los compañeros de la Municipal, no ellos, de modo que mejor no *meneallo*, debían de haber pensado los consultores de Jefatura y Delegación.

Quien más plusvalías había cosechado había sido, sin duda alguna, Durruti. Su información había sido portada en todos los medios regionales y nacionales, y el nombre de *OfidiaTruth.com* había sido elevado a los altares paganos del periodismo.

Paco Erice estaba de moda. Tertulias televisivas, radiofónicas, entrevistas en *El País*, *El Mundo*, *ABC*, *La Razón*, *El Periódico de Catalunya*, *La Vanguardia*, periódicos de provincias, suplementos dominicales, gacetillas... Sumados todos los minutos en antena, alcanzaban más de quince, y el número de páginas, para empapelar varios kilómetros. El hombre se había podido resarcir al fin de una militancia llena de sinsabores.

Por un momento, Corominas pensó incluso en que él mismo se cambiaría el mote por alguno de mayor solera como el de Woodward o el de Berstein. O incluso el del propio Ben Bradle. O que quizás se autoproclamaría directamente el

Tom Wolfe español. Aunque lo que se dice un traje, Durruti jamás se había puesto uno. Lo consideraba el uniforme de faena de los desalmados. Eso sí, el sombrero le hubiera quedado bien. Si era un *fedora* de verdad, por supuesto. Como el del inspector. Por mucho que el de Wolfe fuera otra cosa.

Pedregosa había acertado en parte, algo que Corominas sabía incluso antes de sacudir el árbol: todas las manzanas, sanas y podridas, seguían en la rama. Sin embargo, le había brindado una oportunidad a Javier Castro, cuya fecha de juicio aún estaba por determinar. Por poco ducho que fuera su letrado, sacaría partido de la situación. Y había conseguido otra cosa: el juez Miralles había abierto una causa aparte para investigar la participación de Miguel Lacunza y su sindicato del crimen en los hechos. Quizás, por una vez, pagaría algún pecador.

Epílogo

Los primeros aplausos hicieron que Corominas levantara la cámara y buscara el mejor encuadre entre la miríada de móviles, tabletas y demás aparatos de registro digital de imágenes que lo rodeaban.

Sobre el escenario, un vigía de Argos se lamentaba de las fatigas mientras esperaba el regreso de su amado rey: «Los infortunios de esta casa, que ya no se ve en la prosperidad que la tenía aquel su amo de otros tiempos…». El coro le tomaba el relevo y, tras él, Taltibio anunciaba la buena nueva: «El rey Agamenón viene, y trae en sus manos la luz que ha de alumbrar esta oscurísima noche…». ¡Al fin! ¡El gran Agamenón regresaba a casa victorioso! El inspector se conocía la obra al dedillo, así que sabía que su hijo aún tardaría un poco en aparecer.

Al ver salir a Clitemnestra, se dio cuenta de que era Eva, su novia. La Cleopatra de nariz perfecta transformada en reina vengativa. «Pobre Álvaro —pensó al recordar el final que le esperaba al gran vencedor de Troya—: apenas han empezado a tontear y ya se lo va a quitar de encima.» La ocurrencia le hizo asomar una breve sonrisa entre los dientes. Laura le golpeó las costillas con el codo y le mandó callar con el dedo levantado.

Desde su suspensión de empleo y sueldo, Corominas había decidido tomarse las cosas con calma y había aprovechado para estrechar lazos con Elena, con la que ahora compartía buena parte del día. Lo que en realidad le rondaba el ánimo era hacerse con alguno de sus secretos culinarios para, de ese modo, poder competir con Reyes en buena lid. Su falta de inactividad, sin embargo, le había comenzado a pasar factura: entre el buen hacer de la mujer que cuidaba de su padre y su nueva inquilina, su tripa comenzaba a expandirse a velocidades cósmicas.

Cansada de sus lloriqueos cada vez que iba al baño, Laura había tratado de imponerle una dieta estricta, pero era como prohibirle el dulce a un crío. «Un día es un día, mujer», se había convertido en la frase más pronunciada por el inspector. «Te lo recordaré cada vez que vuelvas llorando a la cama.» A pesar de la medicación, su próstata no había aflojado en el empeño de amargarle la existencia, por lo que empezaba a otear el bisturí en el horizonte, y que le acerquen a uno la cuchilla al paquete no es plato de buen gusto.

También había aprovechado para pasar más horas con su padre. En realidad, se limitaban a sentarse el uno frente al otro a leer, que era en lo que había consistido gran parte de su relación a lo largo de los años. Corominas solía echarle un ojo por encima de las cubiertas de vez en cuando, para comprobar que el tubito de plástico que lo mantenía con vida estuviera libre de dobleces, mientras Reyes preparaba algún bizcocho, magdalenas o galletas mantecadas para merendar. Empiezas la vida enganchado a un cordón y la terminas dependiendo de otro.

Álvaro salió por fin a escena. El instituto no disponía del presupuesto suficiente para que Agamenón entrara montado en su carro, así que su hijo y Casandra irrumpían en el *proskenion* a pie. Corominas sintió un arrebato de emoción, pero estaba acostumbrado a esconder lo que sentía en público. Todo lo contrario que Laura, cuyo rostro se iluminó como un faro costero.

Al escuchar el primer parlamento de su hijo, el inspector

se quedó boquiabierto: iba a ser un actor cojonudo. Mientras Álvaro recogía sus primeros aplausos, los que Laura no pudo contener aunque la obra apenas acabara de comenzar, el móvil de Corominas empezó a vibrar. Sin desatender su obligación fílmica, lo extrajo del bolsillo con dos dedos para dilucidar si la cosa era importante, y al reconocer la ristra de números en la pantalla, no le hizo falta responder para saber que su padre acababa de morir.

El teléfono de un policía jamás trae buenas noticias.

ESTA EDICIÓN DE
«SIEMPRE PAGAN LOS MISMOS»,
DE CARLOS BASSAS DEL REY,
SE ACABÓ DE IMPRIMIR EN BARBERÀ DEL VALLÈS
EN EL MES DE ABRIL DEL AÑO 2015